欧阳黔森，一级编剧，二级教授，贵州省核心专家，国务院特殊津贴专家，博士生导师。现任贵州省文联主席，贵州省作家协会主席，贵州文学院院长，中国作协主席团委员；第十一、十二、十三、十四届全国人大代表。有长篇小说《雄关漫道》《非爱时间》《绝地逢生》《奢香夫人》《莫道君行早》等；《白多黑少》《莽昆仑》《水的眼泪》《枕梦山河》《欧阳黔森短篇小说集》《江山如此多娇》等中短篇小说、散文、诗歌十余部。编剧并任总制片人的电视连续剧有《雄关漫道》《绝地逢生》《奢香夫人》《二十四道拐》《星火云雾街》《伟大的转折》《花繁叶茂》；电影《云下的日子》《幸存日》《极度危机》等十五部。曾获得鲁迅文学奖，四次全国"五个一工程奖"，三次全国电视"金鹰奖"，四次全国电视"飞天奖"，二次全军"金星奖"，以及省政府文艺奖一等奖等，中宣部"全国名家暨四个一批人才""全国中青年德艺双馨文艺工作者"称号。

黔村行记

◆ 欧阳黔森 著

图书在版编目（CIP）数据

黔村行记 / 欧阳黔森著. -- 贵阳：贵州人民出版社，2024.3

ISBN 978-7-221-18263-0

Ⅰ.①黔… Ⅱ.①欧… Ⅲ.①报告文学—中国—当代 Ⅳ.①I25

中国国家版本馆CIP数据核字(2024)第042383号

QIAN CUN XING JI

黔村行记

欧阳黔森 ◎ 著

出 品 人	朱文迅
出版统筹	钱海峰
策划编辑	张云端
责任编辑	刘向辉　程林骁　康征宇
内文插图	张世申
装帧设计	狮扬文化
出版发行	贵州出版集团　贵州人民出版社
地　　址	贵阳市观山湖区中天会展城会展东路SOHO公寓A座
印　　刷	浙江海虹彩色印务有限公司
版　　次	2024年3月第1版
印　　次	2024年3月第1次印刷
开　　本	787毫米×1092毫米　1/16
印　　张	12.75
字　　数	150千字
印　　数	1—30000册
书　　号	ISBN 978-7-221-18263-0
定　　价	78.00元

如发现图书印装质量问题，请与印刷厂联系调换；版权所有，翻版必究；未经许可，不得转载。

目 录

第一章　黔村行记　　1
第二章　天堑变通途　　15
第三章　风景这边独好　　41
第四章　高原醒了　　117

黔村行记

第一章 ■ 黔村行记

> 只有贫困过,你才会知道,不再贫困是一件多么了不起的事;只有贫困过,你才会倍感珍惜,才会自觉地牢记使命、感恩奋进!
>
> ——题记

贵州是个没有平原支撑的省份,据贵州国土资源部门的数据,贵州有120多万座山峰。在脱贫攻坚的那些年里,走进贵州的千山万壑,是我生命中最为珍贵、不能忘怀的旅程。

2021年2月25日,习近平总书记在全国脱贫攻坚总结表彰大会上向全世界宣告中国的减贫成就。贵州脱贫人数、易地扶贫搬迁人数均位居全国前列,截至2020年底,贵州实现923万贫困人口全部脱贫、66个贫困县全部摘帽、9000个贫困村全部出列、192万人搬出大山,彻底摘掉了千百年来贫困的标签,谱写了脱贫攻坚"中国奇迹"的贵州精彩篇章。

我是这一历史巨变的目睹者和亲历者。多年来,在乌蒙山脉、武陵山脉连片贫困区域的连续采访中,我看到了脱贫攻坚以来奋斗在一线的干部们的辛劳,用一句最动容的话,那就是鞠躬尽瘁;也感同身受老百姓那最朴素的价值观——饮水不忘共产党,幸福不忘总书记。

今天,推进乡村全面振兴的号角已经吹响。2023年12月,中央农村工作会议召开之际，习近平总书记作出重要指示，明确指出："推进中国式现代化，必须坚持不懈夯实农业基础，推进乡村全面振兴。""要提升乡村产业发展水平、乡村建设水平、乡村治理水平，强化农民增收举措，推进乡村全面振兴不断取得实质性进展、阶段性成果。"

产业振兴是乡村全面振兴的重中之重，也是实际工作的切入点。亲身经历过贵州的脱贫攻坚，我对乡村全面振兴的那种渴望更加迫切。一年多来，我走了9个市州、36个县、156个村庄，行程3万多公里，深切感受到了推进乡村全面振兴带来的百业振兴和山乡巨变。

乌蒙磅礴　化屋巨变

我多次去过乌蒙山区，笔记上还留有初见的感慨："这风这雨，千万年酸蚀和侵染，剥蚀出你的瘦骨嶙峋；这天这地，亿万年隆起与沉陷，构筑了你的万峰成林。"磅礴的乌蒙山，却是喀斯特石漠化严重的地区，极度美丽，但又极度贫困。

化屋村地处乌江峡谷深处悬崖下，是毕节市黔西市新仁苗族乡的一个村，苗族人口占96.7%。以前，化屋村出村的路只有一条蜿蜒陡峭的小道，名为"手扒岩""毛狗路"。

"通讯靠吼、交通靠走、保暖靠抖"，化屋村的贫困比深度中的深度更加深度。2014年，化屋村共识别贫困人口145户661人，贫困发生率一度达63.6%。也就短短5年时间，年人均可支配收入从2450元快速递增到2019年的10500元，化屋村成功出列。

2021年2月3日，习近平总书记视察贵州，第一站就来到了化屋村。

从乌江镇到化屋村，有140公里的高速路，我只用两小时就到了。年轻的村支部书记许蕾是党的二十大代表，也是新仁苗族乡人大主席。她告诉我，在易地搬迁的苗族村民赵玉学家，习近平总书记仔细察看了生活居住环境，赵玉学告诉总书记，原来住在不通水、不通电、不通路的麻窝寨，现在住上了二层小楼，水电路都通到了家。总书记听了十分高兴，对乡亲们说，就业是巩固脱贫攻坚成果的基本措施，要积极发展乡村产业，方便群众在家门口就业，让群众既有收入，又能兼顾家庭，把孩子教育培养好。

化屋村几乎家家户户的妇女都擅长苗绣制作。那一天，习近平总书记走进扶贫车间，了解发展特色苗绣产业、传承民族传统文化等情况，指出："民族的就是世界的。特色苗绣既传统又时尚，既是文化又是产业，不仅能够弘扬传统文化，而且能够推动乡村振兴，要把包括苗绣在内的民族传统文化传承好、发展好。"沿着总书记指引的好路子，古老苗绣成为推动乡村产业振兴的重要助力，化屋村一跃成为中国美丽休闲乡村。

那一天，总书记在赵玉学家同大家一起制作当地传统节日食品黄粑。今天，黄粑已经成了化屋村的重要产业。黄粑、黄姜、黄牛、苗绣等，使乡村产业不断发展壮大，集体经济实力不断增强。

站在化屋村后山，远处苍山如海，气势磅礴。这美景多年藏在深山，少有人识。2015年，贵州实现了县县通高速，让千山万壑相互连通。路一通，乌江源天然山水立刻展现出百里画廊的曼妙，苗族村寨也成了稀罕的文化资源，蓬勃兴起的乡村旅游让村民纷纷吃上"旅游饭"，日子越过越红火。2021年2月至2023年2月，化屋村累计接待游客超140万人次，实现旅游综合收入超5.3亿元，化屋村还先后获得全国乡村旅游重点村、中国民间文化艺术之乡等荣誉,成为远近闻名的生态文化旅游村,努力成为全国乡村振兴新典范、绿色发展新样板。几年间,全村年人均可支配收入成倍增长,截至2022年底,达到了25000余元。

村民杨龙10年前回到了化屋村,看到有很多人在江边码头做生意。家乡有了创业的条件,他也就不愿意再离开自己的家乡了。

他说,我做了两栋民宿,一家叫"花都里",一家叫"山水云间",一年40万元左右吧。

他笑中带着泪花,说,现在是我过得最好的日子。

有了产业,化屋村不仅留住了人,留住了"乡愁",更留下了振兴的希望。

红装绿裹 花繁叶茂

站在马鬃岭上往下看,苟坝村和花茂村紧紧相连。

1935年3月10日,苟坝会议召开,中央负责人围绕是否攻打国民党军薛岳部固守打鼓新场(今贵州金沙县城)的一个师,展开激烈争论。会上,毛泽东坚决反对进行这场战役,但会议仍然坚持了攻打打鼓新场的原定计划。会议散了,但毛泽东夜不能寐。在这个风雨飘摇的深夜,为挽救红军,挽救中国革命,毛泽东提着一盏马灯,在苟坝村一条崎岖狭窄的小道走了3里路,连夜去找周恩来再商作战计划。最终,中央撤销了进攻打鼓新场的计划,避免了一次重大危险。

今天,这条小路被苟坝人亲切地称为"毛泽东小道"。

多年来,苟坝村由于地处边远和自然条件的限制,长期处于贫困。

习近平总书记一直牵挂着老区人民的生活,多次讲到,加快老区发展,使老区人民共享改革发展成果,是我们永远不能忘记的历史责任,是我们党的庄严承诺。

如今的苟坝村早已是远近闻名的富裕村,村子以红色为底色,绿色为亮色,打造"红装绿裹"文化品牌,促进产业就业。2023年开年至"五一"小长假,苟坝村的"红创区"累计接待游客64.87万人次,仅旅游收入就达到6000多万元。村里不断推动农业产业现代化,大力打造"稻田+"山地农业示范基地。同时充分发挥中药材资源禀赋优势,做好"杜仲之乡"金字招牌。

今天,苟坝村常年在外打工的人数从前几年的1700多人减少到目前的不足700人,旅游景区、种植基地、创业项目都成为吸纳劳动力的重要领域。

在苟坝村隔壁的花茂村,我曾经住过一年,为它写过电视剧,写过报告文学,村民们还让我当了荣誉村长。

我再次走进了这个村子。

"党中央的政策好不好,要看乡亲们是笑还是哭。""怪不得大家都来,在这里找到乡愁了。"习近平总书记2015年在花茂村视察时的这两句话,不仅至今仍在花茂村的老百姓中口口相传,更让"乡愁"成为花茂村的"特色大品牌"。

驻村的那段时光里,我深切感受到2015年6月16日这一天在村民心中的特殊意义,他们把这一天当作走上幸福大道的新起点。这一天,习近平总书记来到花茂村,对村里把扶贫开发与富在农家、学在农家、乐在农家、美在农家的美丽乡村建设结合起来的做法表示肯定,鼓励他们"好日子是干出来的,贫困并不可怕,只要有信心、有决心,就没有克服不了的困难"。花茂村牢记总书记嘱托,坚定走乡村旅游和农特产品种植之路,让乡亲们吃上"旅游饭",让生态变成"摇钱树"。如今,花茂村建立起集农产品生产加工、休闲观光、特色产品销售等为一体的产业集群。2022年人均可支配收入达到了23613元。

在田间,我遇到了遵义市乡村振兴局的督察专员陈辅君。他告诉我,花茂村现在高质量发展上又有了新的突破,2022年度国家级生态农场评价结果,花茂村的遵义绿动九丰蔬菜种植专业合作社榜上有名。它以"公司+党总支+合作社+农户"模式,带动全村种植露天蔬菜3000亩,发展翠红李种植1450亩,带动周边村镇种植蔬菜35000亩,产业带动解决了辖区内群众就近就业。

在花茂村见到年轻的"乡村创业导师"王佳。小伙子是苟坝村人,贵州大学毕业后,在花茂村通过土地流转种了300亩有机水稻,在稻田里养本地特产的稻田鱼和稻田鸭,"一田多用,一水两用,一季多收,粮鱼鸭共生","仅仅是农忙季节,就能给周边村寨近百人提供就业呢,拔草、清淤的普工每小时15元,操作大型机器的技工每小时30元,还不包括土地流转费和分红。"

目前,村里有3000亩土地在搞山地特色种养。王佳说,花茂村现在有不少人搞这个产业,我不敢说我是最大的。

作为荣誉村长,我对花茂村是偏爱的,也很关注它的班子建设。近年来,花茂村"两委"围绕实施乡村振兴战略总要求,以提升基层党组织政治功能和组织功能为着力点,立足"绿色花茂"的发展定位,通过"五在乡村"(组织强村、产业富村、人才兴村、文明乐村、环境美村)创建,积极探索"五为民"(千方百计帮群众想、竭尽所能教群众会、身体力行带群众做、齐心协力促群众富、真心实意让群众笑)工作法,将花茂村建设成为农业现代化孵化园、绿色食品加工助推器、新农村建设带动点、旅游产业化的桥头堡，让党旗更红、百姓更富、生活更美，推动乡村全面振兴。

走在春天的田野上，眼前一片生机盎然，黄的是油菜花，红的是桃花，白的是梨花，晨风吹满了山谷，一时芳香弥漫。

能人进村　古村新颜

黔西南州兴义市乌沙镇黄泥河畔，有一个200多年历史的布依族古寨，至今还保留着贵州和云南连接段的茶马古道，村内道路、巷道多为石梯坎连接，"普梯村"的名字由此而来。

这是一个富集着奇珍异宝的自然村落，村内古民居数量多、规模大，在青山的映衬下，金黄耀眼，极为壮观。

而在普梯村的茫茫青山之中，保育着1400余棵国家二级保护树种金丝榔古树，这里也是饮用水水源一级保护区。

因为当过地质队员，我更感兴趣的是，这里是兴义国家地质公园（贵州龙）保护区核心区域。在乌沙镇这片区域内，我国最早的三叠纪海生爬行动物化石分布广泛、数量巨大、属种丰富、保存精美，具有极其重要的科学研究价值。

这真是一个集古生物化石、少数民族特色古墙古建筑、茶马古道、金丝榔古树、天生古桥、原生态古井（简称"六古"文化）为一体的古村、宝村啊！

普梯村地上有宝，地下也有宝。随便砍几棵金丝榔，挖掘几块化石，可能就是村民们几年的收入。

但村党支部书记郭成林说，在我们村就没有砍伐树林和挖化石、贩卖化石的人。地上的宝和地下的宝都是老祖宗留下来的，我们村的老辈子历来就告诉我们，敬山、敬水、敬树，只要是地上和地下的东西,不能随便动。

一个村富不富,关键看支部,支部强不强,关键看领头羊。郭支书就是带领村民致富的领头羊。十多年前,郭成林靠经营自家的两辆客运中巴率先致富了,他却不忘乡亲,带领乡亲们种桃树、修路、办合作社……

这几年,原本举目尽是危房旧房的古民居和日用不觉的布依族民族文化成了乡村全面振兴的新资源。

普梯村"两委"结合普梯村自然资源,按照"规划统领、产业引领、保护与传承"的乡村修复原则,围绕"一村一品",制定"一村一策",打造"六古"文化品牌,将普梯村打造为一个具有独特魅力的民族文化村。通过危房改造,古墙修复,打造精品民宿,村民的旧居不仅旧貌换新颜,还能有租金和入股分红。

在院坝会上,我才知道,普梯村打造"六古"文化,靠的是引新农人入村。

曾付国就是新农人的代表,他是"来屋头玩"品牌创始人。在附近的拉扯村,他将村里闲置的房屋高标准改造成集餐饮、休闲、娱乐、会议、社交于一体的乡村生活馆。老火炖鸡汤、黑毛土猪烧制的腊肉、老石磨磨出的豆腐、香椿木槽打制的糍粑、老土罐煨出的古树茶等地道乡村美食和黔西南独特的民族风情,让远方的客人流连忘返。

见到曾付国,他热情地拿出手机照片给我看,拉扯馆大门对联上写的是"乡村振兴把拉扯拉扯大 共同富裕享生活生活美",横批"记得回家吃饭"。

我开玩笑地说,你挣得盆满钵满喽!

他连连摇手说,不是我一个人挣钱,挣了钱大家都有。现在,我们把乡村生活馆也开到了普梯村。我们大家都是合伙人嘛,成了合伙人，幸福来敲门。

我想起习近平总书记说的话，乡村振兴要在产业生态化和生态产业化上下功夫，继续做强做大有机农产品生产、乡村旅游、休闲农业等产业，搞好非物质文化遗产传承，推动巩固拓展脱贫攻坚成果同乡村全面振兴有效衔接。从普梯村热气腾腾的实践来看，总书记真是号准了乡村振兴的发展命脉。

整体搬迁　多方振兴

黔西南州晴隆县三宝彝族乡成建制的整乡搬迁，在晴隆县近郊设立三宝街道，是全国脱贫攻坚战中的壮举。

我在晴隆前前后后三年，三宝乡我很熟悉。它从一个极度贫困乡，到整乡搬迁、集中安置，三宝乡贫困群众"在县城住上新房子，在老家分到钱票子，充分就业过上好日子"，这些历程，都是当年集全省之力干的大事，牵动着贵州人的心。

搬迁后，我来过多次。前几年来的时候，我看到三宝街道正在实施"一户一就业"工程，建设了安置点产业园、小微创业园，新增了公共服务岗位，多渠道保障群众就业创业。同时实施的还有培养新市民的"一户一培训"政策，确保培训一人、就业一人、脱贫一户。

有一年多没到三宝街道了，但乡村振兴局同志的话一直让我警醒，他说，搬得出、稳得住，关键还要能致富。

搬得出、稳得住，就业是基础。

2023年，我又来到三宝街道阿妹戚托小镇，只见褐墙灰瓦、花窗雕栏的安置房依势而建、错落有致，硬化的串户路打扫得干干净净，绿化带里的花草更是色彩斑斓、生机勃勃。这个已是国家 4A 级旅游景区的新兴小镇，按照苗族和彝族风格元素布局，目的是盘活彝族传统舞蹈"阿妹戚托"这张国家级非物质文化遗产的亮丽名片，实现"群众增收"和"美丽家园"双丰收。

街道负责人告诉我，如今三宝街道把劳动力全员培训摆在首要位置，采取"人社中心＋劳务公司＋企业"一体化培训模式，因人施教、分类施策，通过全员培训促就业、劳务输出稳就业、文旅融合带就业、发展产业促就业、园区集中拓就业、开发公岗保就业的方式，多渠道保障群众就业创业。截至目前，三宝街道有效劳动力 7570 人，已稳定就业 7189 人，就业率约为 95%，实现有劳动力家庭户均一人以上就业。

能致富，产业是根本。

在迁出地，成立三宝彝族脱贫攻坚平台有限责任公司，对搬迁群众土地进行保底流转，统一实行公司化经营、项目化运作。引进贵州天辰禾农林开发有限公司、晴隆县草地畜牧业开发有限责任公司等，在全乡范围内发展肉牛、天麻、国储林等产业和项目，盘活迁出地，让搬迁群众"在老家分到钱票子"。

在迁入地，建设三宝产业园。目前，省级晴隆县三宝创业孵化基地已引进新能源汽车制造、服饰鞋帽加工、家装建材等 14 家企业入驻，帮助 1000 余名群众实现从田间走进车间。同时，打造"非遗文化体验一条街""居家就业一条街"，把"指尖上的技艺"变成"指尖上的经济"，成功带动 55 户新市民个体工商户稳定增收，157 人通过刺绣技艺实现居家就业。

这次来三宝街道，我又看到了不少新的产业项目。

三宝街道正在打造三宝产业园二期，建成后可提供就业岗位 4600 个，努力将三宝产业园培育成 10 亿元级的劳动密集型产业园区。

晴隆县龙发服饰有限责任公司是一家专业化服装公司，提供了 500 余名搬迁群众的就业岗位。

今天的阿妹戚托小镇也有了现代化的中天智选假日酒店，这是一家招商引资的民宿酒店，酒店内非管理层的员工，90% 是三宝乡的搬迁群众。酒店留住了旅客，直接助推了当地的经济。

为使搬迁群众同等享受县城居民各项权益，三宝街道紧扣新市民基本生活、户籍管理、住房权益等，实施一系列的保障措施，对搬迁新市民落实"城乡居民基本医疗保险、大病保险、民政医疗救助"三重医疗保障政策，贫困人口参保率达到 100%。今天，农村低保转城市低保工作已经开展，新市民居住证办理实现了全覆盖。

夜幕降临，阿妹戚托小镇灯火璀璨。身着民族盛装的彝族姑娘在广场上围着篝火跳着"阿妹戚托"。踏地而舞、以足传情，明快的踢踏声应和着欢快的鼓点，笑声与喝彩声在夜空回响。

仅仅几年时间，三宝人就实现了搬得出、稳得住、能致富的搬迁初衷！

在回城的车里，从手机上看到习近平总书记说的一段话，总书记指出，各地推动产业振兴，要把"土特产"这 3 个字琢磨透。"土"讲的是基于一方水土，开发乡土资源。"特"讲的是突出地域特点，体现当地风情。"产"讲的是真正建成产业、形成集群。要依托农业农村特色资源，向开发农业多种功能、挖掘乡村多元价值要效益，向一二三产业融合发展要效益，强龙头、补链条、兴业态、树品牌，推动乡村产业全链条升级，增强市场竞争力和可持续发展能力。

从贵州的千山万壑中一路走来，看到这些话真是无比亲切，启人神智！一路上，我看到了不少在"土""特""产"3 个字上精心琢磨、深耕细作的村庄，也看到了诸多开发农业产业新功能、农村生态新价值的新实践，总书记指引的这条路，正是深山众壑里的众多贵州乡村努力绘制的宏伟画卷。

从贵州的千山万壑中一路走来，更深切感受到无数村民中蕴含的蓬勃伟力，那是脱贫以后的人们对美好生活的新梦想。

是啊！只有贫困过，才会知道，不再贫困是一件多么了不起的事；只有奋斗过，才会知道，未来是多么美好！

第一章 — 黔村行记

黔村行记

第二章 ■ 天堑变通途

公元742年李太白在繁华的长安城里写下"蜀道难,难于上青天"的诗句时,根本没想到他在13年后被判流放到夜郎,途中连连写下:"夜郎万里道,西上令人老","去国愁夜郎,投身窜荒谷"。蜀道难,再难它还有道,黔道,根本没有道啊!李白写的夜郎万里道的道与蜀道的道是此道非彼道呀!

直到629年后的明洪武十七年(公元1384年),贵州才开始修建真正意义上的驿道,这还是雄才大略的朱元璋杀了内戚贵州都督马烨,才换来贵州宣慰使摄政奢香夫人的承诺。朱元璋对奢香说:"我可以为你做主,处置马烨,你怎么报答我呢?"奢香回答说:"愿为陛下开辟驿道,以供往来。"朱元璋听后十分满意,他要的就是这个结果。这是国家战略布局,从贵州的地理位置来看是西南交通枢纽,可千百年来没有"官道",没有"官道"就打通不了通往四川、云南、湖南的道路,有了这样的道路,京都大明王朝才能有效统治这遥远的疆域。

122年后的公元1506年大儒王阳明被贬贵州驿道龙场驿时,曾感叹"连峰际天兮,飞鸟不通;游子怀乡兮,莫知西东",王阳明当时描述连绵的山峰与天相接,连飞鸟都不能通过;羁泊他乡的游子怀念故土,却辨不清西和东,形象表达了当时贵州交通之难。

贵州地处云贵高原东麓，境内山脉众多，重峦叠嶂，绵延纵横，山高险峻，河谷深切。北部有大娄山脉，是贵州高原与四川盆地的界山，主峰箐坝大山高2080米；南部苗岭山脉，与广西交界，主峰雷公山高2178米；东部有武陵山脉，与湘西、重庆交界，主峰梵净山高2572米；西部有乌蒙山脉，与云南、四川交界，主峰韭菜坪海拔2900米，为贵州境内最高点，而黔东南州的黎平县地坪乡水口河出省界处，海拔仅为147.8米，为境内最低点，相对高差为2752.8米。从地理环境来看，贵州与"平"是不沾边的。贵州是全国唯一没有平原支撑的省份，全省92.5%的面积为山地和丘陵。这样的地方是"平"的，令人很难想象，就是我这个土生土长的贵州人，也难以想象！真是"平"的吗？细思则会明白，是眼光限制了我们的想象。我想每一个贵州人都见证了贵州黄金十年的飞跃，也都切身体会到了天堑变通途的奇迹。有了这样的飞跃与奇迹，以往瘦骨嶙峋的贵州，"人无三分银"的贵州彻底撕掉了千百年来贫困的标签；万峰成林的贵州，"地无三尺平"的贵州告别了出门"万重山"，回家"千条水"的历史。

雄踞崇山峻岭中的一座座桥梁，实现悬索、斜拉、拱式、梁式类型全覆盖，成为当代桥梁的百科全书，创造了数十个"世界第一"，赢得了"世界桥梁看中国，中国桥梁看贵州"的美誉。世界高桥前100名中有近一半在贵州，前10名中有4座在贵州，桥梁已成为贵州与世界对话交流的一张靓丽名片和最具自信的独特文化符号。

贵州春秋属楚，战国后期属秦。在那个朝秦暮楚、秦楚争霸的年代，秦王否定了张仪进攻韩、赵、魏，挟持周天子的主张，采纳了大将司马错的主张，于周慎靓王五年，公元前316年，秦灭巴蜀之战正式打响，取得了胜利，并向南控制了武陵山脉一带，即原本属于楚国的黔中郡，继而继续向西南拓展，控制了乌蒙山脉一带，即夜郎国的腹地，切断了滇国与楚国的联系，在侧翼对楚国形成了战略包围，从此，楚国失去了西南的势力范围。秦占领了天府之国的巴蜀之后，奠定了问鼎中原、一统天下的物质基础。当时的贵州地处蛮荒之地，还未开化，属从楚国、再依附于秦，其实对于秦楚相争，并不起决定性作用，甚至有拖累之嫌，但是，从战略上出发，这里仍然是秦楚必争之地，贵州的地理位置北可进入四川重庆，西到云南，南通两广，东进湖南，处于西南的交通枢纽。

贵州历来有"九山半水半分田""地无三尺平""人无三分银"之说，是这一带几千年的真实写照。时至今日，在国家划定的十四个连片特困地区中，武陵山脉山区、乌蒙山脉山区榜上有名。

贵州之所以历来被称为蛮荒之地，是它的自然条件所决定的。距今约 3600 万年至 5300 万年前的第三纪始新世时期，发生了喜马拉雅造山运动，受青藏高原不断隆升作用的影响，促进了云贵高原的形成，形成了贵州西高东低的地貌格局。这里河谷深切，沟壑险峻，万峰成林。这样的地理条件，交通落后是其经济社会发展的瓶颈。

从秦开"五尺道"、汉通"西南夷"、明朝奢香夫人建驿道，再到明朝永乐 11 年，即公元 1413 年贵州建省，其境内也只开通了九个驿站，边远闭塞，仍是制约经济社会发展的主要因素。明朝一位御史曾说："贵州虽名一省，实不如江南一大县，山林之路不得方轨，沟渠之流不能容船，商贾稀阔。"

到了民国十五年，即 1926 年，时任贵州省省长的周西成修建省内第一条公路。这条公路宽约九米，全长约十公里，由贵阳头桥修至省政府，用石块铺成。贵州的第一辆小轿车是在1927年春从香港购进的，经过水路运至都柳江，拆散后民工历时50多天，肩扛背驮至贵阳。同年，贵州制定了《贵州全省马路计划大纲》，勾画出以贵阳为中心的全省公路网，这是贵州历史上最早的规划建设蓝图。1935年，贵州开始初步修通了东西南北四大干线，串联起了川、桂、湘、滇四省，终于结束了驿道历史，却没有从根本上改变贵州交通落后的状况。虽然有了这四条大干线，但有些地段几乎不能通车，直到"九一八事变"爆发后，当时的国民政府将其作为战备公路，加紧了这四条大干线的贯通，终于在1937年全线通车。1943年，抗战已经到了最紧要的关头，瘦骨嶙峋的东方巨人极度贫血，随时可能轰然倒下，这将是世界反法西斯阵营所不能承受的灾难。一条空中国际交通走廊，史称"驼峰航线"，一条从缅甸仰光到昆明、昆明到贵阳、贵阳到重庆的战备公路，史称"史迪威公路"，是抗战中仅存的国际交通线。驼峰航线和史迪威公路这两条输血线，犹如东方巨人的动脉和静脉，而贵州晴隆境内的二十四道拐公路就成了这条输血运输线的咽喉所在。日军为了掐断这条国际运输线，不断派出飞机轰炸，时任中共贵州省工委书记的邓止戈率领地下党与美军、国民党军队通力合作，修路护桥，浴血奋战，有力保障了战略物资源源不断抵达前线。

二十四道拐公路地处贵州乌蒙山脉腹地的晴隆县，其雄奇险峻，被誉为天堑，曾因美军随军记者拍摄的一张照片而闻名于世。它是抗战中缅公路的形象标识，是抗日战争中国际援华军需物资运输大通道的咽喉，被誉为"中国抗战的生命线"，又称"历史的弯道"。二十四道拐公路为抗日战争取得全面胜利做出不可磨灭的贡献。参加过反法西斯战争的抗日老兵视其为标志性记忆，也是中美人民在反法西斯战争中的历史记忆。在这条贵州境内的战备公路中，除了声名远播的二十四道拐公路，地处黔北娄山关上的七十二道拐公路，同样以其雄奇险峻闻名遐迩，它是国际物资到达战时首都重庆的最后一道屏障。

贵州东西南北的四大公路干线，虽然串联起了川、桂、湘、滇四省，成为了大西南的枢纽，可是值中华人民共和国成立时，全省公路通车里程仅仅只有1950公里。

高山挡不住，天堑变通途。这是贵州人千百年来的夙愿和梦想，但这个梦想直到中华人民共和国成立之后，才逐渐梦想成真。从1950年开始，在党和国家的支持和关怀下，在贵州开始大力推进公路建设。经过近三十年的建设，截至1978年底，全省公路通车里程达到了30600公里，但这对于拥有176167平方公里的国土面积、辖88个县区市、1539个乡镇来说，这个里程数仍然是远远不够的。当时，还有许多乡镇未通公路，多数县城之间的公路几乎是砂石路，很少见到柏油路，这远远不能满足全省经济社会的发展需要。交通长期落后，既是贵州发展滞后的现实写照，也是贵州发展滞后的重要制约因素。如何破解贵州经济社会欠开发、欠发达，改善落后的交通面貌，历来是贵州公路人渴望解决的一道瓶颈。在这近三十年如火如荼的公路建设中，有许多可歌可泣的故事，在筑路人中流传。流传最广的，是关于修建册三公路的故事。筑路人把这个故事归纳为"册三精神"。

"册三"公路源起贵州省册亨县，途经望谟县、罗甸县、平塘县、独山县、从江县至广西的三江县，全长七百余公里，有五分之四在贵州境。平塘县平里河沙坪垭口是这条道路最为险要的路段，当我站在这个路段的最高点俯瞰脚下那一片群山的时候，心中不由升腾起一种对筑路人的敬仰之心。眼前的这条路像一条飘带起伏在巍峨的群山之中，约六米宽的路面两侧不是悬崖峭壁就是万丈深渊，因常有白云缭绕其间，被当地老百姓称为"天路"。至今在公路最高的路段崖壁上，仍然能看见当年镌刻的"筑路意志坚，扛起大道上青天；踏碎了云朵，踢倒了山尖，不管车马来多快，总在我后边！"的豪迈诗句。这种"扛起大道上青天"的浪漫主义情怀就是"册三精神"的真谛所在。

又一个三十年过去，弹指一挥间到了2008年，为贵州省"实现经济社会发展历史性跨越"的战略构想，贵州省第十一届人民代表大会通过《2008年贵州省政府报告》，提出要实行"交通优先发展"战略，加快交通基础设施建设步伐，加快形成以高速、高等级公路和铁路为骨架，多种运输方式配套的综合交通运输体系，并明确提出要"使所有县市都有高速公路连接"。此阶段贵州省高速公路网的规划布局是以"6横7纵8联"（简称"678"网）为主，总规模约6851公里。截至2011年底，全省公路总里程达149800公里，公路通行条件显著改善，干支结合、四通八达的公路网基本形成。这一阶段，贵州交通得益于中央的大力支持，以昂扬的斗志"逢山开路、遇水架桥"，向落后、贫穷宣战。

2012年，贵州抢抓国发2号文件重大历史机遇，系统谋划推进以高速公路为重点的交通建设，以"打造西南重要陆路交通枢纽"为目标，吹响了贵州交通后发赶超的集结号。特别是党的十八大以来，党中央对贵州的支持力度显著加大，贵州进入黄金发展期，脱贫攻坚和经济社会发展取得历史性成就，交通的跨越式发展极大提升了我省在区域发展中的战略地位。2013年，贵州省高速公路通车里程突破三千公里，通高速公路县达68个，形成9条高速公路出省大通道，全省33个在建高速公路项目，

2008年制定的战略构想"678"高速公路网逐渐成型,高速公路通车里程、建设规模进入西部12个省份第一方阵,建设速度位居全国前列。2015年底,全省88个县市区全部贯通高速公路,贵州成为西部第一个"县县通高速"的省,也是全国实现"县县通高速"为数不多的省份之一,比2010年新增51个县通高速公路。

继高速公路"三年会战"之后,贵州省委、省政府做出实施建设环贵州高速公路的重大战略部署。环贵州高速公路总规模1952公里,总投资约1978亿元,建成后将与周边广西、湖南、重庆、四川、云南5个省份形成23个高速公路出省通道、73条普通国省干线公路出省通道,辐射其19个县(市、区)1032万人,惠及省内外2630万人。

2016年10月,贵州省政府原则同意《贵州省高速公路网规划(加密规划)》,该规划在原"678"网和《省政府高速公路建设三年会战实施方案》确定的7768公里高速公路网基础上,从加密黔中路网、完善省际出口、提升通道能力、强化市州辐射、提高过境效率、加强路网衔接6个方面进行补充完善,共增加高速公路2328公里,调整以后全省高速公路网规划总里程为10096公里,其中国家高速公路4127公里、省级高速公路3641公里、地方高速公路2328公里。

截至2022年底,贵州建成高速公路总里程8010公里,排全国第四。至此,贵州已初步形成"覆盖全省、通达全国、内捷外畅、无缝衔接"的综合交通运输体系,向东打通连接长三角的高速通道,向西建成通向东盟的国际高速大通道,向南通过高速通道融入珠三角、北部湾,实现与海上丝绸之路的连接,向北实现了与古丝绸之路经济带的高速连接。同时,有效将黔中经济区等连在了一起，贵州作为西南重要陆路交通枢纽的地理区位优势不断凸显，成为"一带一路"和长江经济带战略的重要通道，缩短了中西部陆路交通的时空距离，为西部省份优化资源配置创造了良好条件，极大地助推贵州积极参与"一带一路"和长江经济带等国家战略的实施，为构建全方位对外开放新格局打下了坚实基础。

我曾经是一名地质队员，走遍了贵州的山山水水。看见山，我就想攀登，这是一名地质队员的秉性，可是，我翻过一座又一座山，看见山的后面还是山。每次站在山之巅，目及眼前的千山万壑，总想放开喉咙吆喝个痛快，当一声声吆喝在起伏的连山中激荡出一阵阵嘹亮的旋律时，这样的嘹亮，就成了我再次攀登的号角，原本我就是一个喜欢嘹亮的角色。这样的角色，其实是一个苦中作乐的角色。苦是必然的，我们的自然条件就是这样；乐是一种我们敢于挑战的态度。

作为一名曾经的地质队员，可以说我切身体会到了交通给贵州带来的巨大改变。当我作为一名作家站在国内山区第一座主跨千米级桥梁——沪昆高速镇宁至胜境关段坝陵河大桥上时，天堑变通途的感受使我不得不敬佩桥梁工程师的伟大。眼前的这座桥，是一座千米级钢桁梁悬索桥，全长2237米，主跨长1088米，桥面距谷底高差370米，像一座天桥横跨在镇宁县与关岭县之间的坝陵河峡谷上。

大桥西头的关岭因关羽的儿子关索镇守在此而得名，以往每次开车经过这里，西头那一座座高耸入云的山峰，像是不可逾越的天堑，不免让人感觉到前路难行。这样的感觉是漫长的，车盘旋而下，从东头下到峡谷底，再上到西头的关岭需要一个多小时。在这一个多小时中，人的耳朵会因为高差的原因耳膜鼓起来，脑袋蒙起来,实在是令人难受。而现在,只需要短短的四分钟就能越关岭而过。

来到大桥上,也就来到了白云端,俯瞰眼前的峡谷,上手是贵州最高的瀑布——滴水滩瀑布,瀑布总高410米,下手是峡谷底的八里桥,即徐霞客游记中记载的关岭桥,距离关索镇4公里,是滇黔古道的必经之路。

滴水滩瀑布由三个瀑布组成,最上面叫连天瀑布,中间为冲坑瀑布,下面为高潭瀑布,它是集高、大、美、秀著称的瀑布群。瀑布气势雄伟磅礴,最高一层波涌连天,中间数层翻空涌雪,最下一层震荡群山。以往,要一瞻滴水滩瀑布的真容很不容易,人们常说到关岭山难,到滴水滩瀑布更难。如今滴水滩瀑布就在眼前,在大桥的东侧建起了许多民宿,这些民宿为瀑布爱好者和蹦极爱好者提供了落脚点,也为他们提供了瀑布之美和蹦极之乐。坝陵河大桥通车后,来自美国、加拿大、德国、新西兰、英国、西班牙、比利时、智利等国家的世界低空跳伞高手常常云集于此;蹦极活动对外开放以后,蹦极爱好者曾刷新了吉尼斯蹦极世界纪录。坝陵河大桥的蹦极跳是世界最高的商业设施。

受益较大的是大桥东侧的坝陵村,该村有533户共计2306人。多年以来,生活在这里的群众一直挣扎在贫困线上,在2009年以前,这里的群众人均收入远远低于3000元的全县农民年人均收入。在大桥建成通车后的2012年,当地群众年人均收入已远远高于全县农民4682元的年人均收入。随着大桥辅助设施的建成,这里的交通设施得到了极大的改善,既方便了群众出行,又方便了黔货出山。特别是实施精准扶贫以来,人均收入逐年大幅提高,截至2020年,年人均收入达到了9961.49元,这一年,建档立卡的贫困人数仅剩90户303人,也于当年年底撕掉了贫困标签,全面脱贫,截至2022年10月,当地群众的年平均收入达到了14056.84元。

山多峡谷就多,美丽却极度贫困,这是喀斯特地貌的特征。这样的地貌,峰峦叠嶂,沟壑纵横,在其间劳作的人们,常常是相互望得见,喊得应,但要想拉拉手说说话,这一上一下的,半天也走不到跟前。可以说,是桥梁改变了人们的生活方式,也改变了人们的生产方式。

长期生活在大山和峡谷中的人们,是很难想象贵州是平的这一概念。可是,当我站在这山之巅,一望无际的群山尽收眼底,在那白云缭绕之间,在那连绵不尽的山峦沟壑之间,一座座隧道、一座座桥梁蛛网似连接起的高速公路,让我深切感受到了贵州是平的这句话的分量。千山万壑、万水千山,峡谷无疑是最美丽的存在,身在峡谷却不能仅仅只是峡谷的思维,峡谷的眼光,我们必须站在高处,眼光就不再限制我们的想象。

如果说,坝陵河大桥的存在让我们的想象变得精彩,世界山区第一高桥杭瑞高速毕节至都格段北盘江大桥让我们无限遐想,那么,正在建设的六枝至安龙高速花江大峡谷大桥将给我们带来的是惊喜万分、叹为观止。

花江大峡谷大桥的出现将取代坝陵河大桥、北盘江大桥成为世界第一高桥。仅仅是大桥的主跨,就已经达到惊人的1420米,在世界山区桥梁高速公路同类型中跨径第一。桥区地面高程介于489.1米至1287.3米之间,相对高差为798.2米,桥面距地面垂直高差为625米。项目于2022年1月18日正式开工建设,将于2025年6月30日建成通车。

可以说,花江大峡谷大桥的修建是坝陵河大桥的升级版,它将打造成国内首个涵盖"桥梁观光+桥梁运动体验+旅游服务"

为一体的桥旅融合综合体，可为世界峡谷极限运动带来更大的惊喜。

花江大峡谷处于贵州关岭布依族苗族自治县和贞丰布依族苗族自治县之间，是国内最长的峡谷。该峡谷深切 1000 多米，长约 80 千米，最宽处达 3000 米，最窄处仅 200 余米。峡谷两岸峰峦蜿蜒，山崖高耸如犬牙交错；谷底奔腾的花江河，水势汹涌，浪花翻滚，响声如雷。绝壁上，藤蔓攀附，古木丛生。据史书记载，花江河流域即为古夜郎中心地带之一，其历史悠久，文物古迹颇丰。花江大峡谷一带，曾是电视剧《西游记》的多处摄景点，花江桥一隅，黄浪滔天，浊浪滚滚，岩石丛立。其景不正是"八百流沙界，三千弱水深，鹅毛飘不起，芦花定底沉"的"流沙河"吗？唐僧收沙和尚就在此处拍摄。

我第一次到花江大峡谷是 1995 年，当我们从贵阳一路颠簸，耗时五小时到达花江大峡谷之巅的观景台时，已是夕阳西下。驻足观景台西望，才真正体会到了毛泽东主席诗词中"苍山如海、残阳如血"的雄浑景象。正因为有了这一次的经历，在 2005 年拍摄长征题材电视剧《雄关漫道》时，我毫不犹豫便选择了这里作为该剧最为震撼的场景，镜头之下，大批国民党军队追击至此，面对万峰成林的山海，湘军悍将李觉不由感慨地说，他们进去了，我等再无回天之力。

那时候上下花江大峡谷的老公路还是土路，路面用大小不一的石子铺就，路陡弯急，险象环生，剧组的车辆多为北方驾驶员，几乎都不敢在此路上驾驶。在花江峡谷的拍摄期间，幸亏得到了贞丰县大力支持，车辆都换成了黔籍驾驶员，才顺利完成拍摄工作。记得勘景的时候，是我驾车与导演在此路上行走，车到大峡谷之巅时，那些刀砍斧劈状的一排排陡峭山峰高耸入云，脚下这条公路就在这刀砍斧劈的山峰中,像一条飘带在云雾中时隐时现。这样的场景对于我来说是早已习惯了的,我当然是从容地驾车往云雾里钻,这时导演突然喊了一句"停车"。起初,我以为他是想下车小便,就停了下来,谁知他下车后并未小便,而是左右看了看,对我说,我还是走下去吧。我一想,这人要是走下去的话,非得大半天的时间才下得到峡谷底,这肯定不行。我对他说,你上车闭着眼睛,不要往外看就行了,你放心,这条路我轻车熟路的,无须担心。他犹豫了半天才上了车,也才下决心把国民党军队追击红军那场震撼的戏放在这里,因为他此时已经被此地的险峻所震撼。我知道,要下这样的决心并不容易,因为这里只有一场戏,却需要花费大量的人力物力财力,而且具有很大的风险,一般的剧组几乎不会这么考虑的。为此,制片方多次争吵,而我坚持在此拍摄的理由是,如果没有这里的一场戏,怎么能够体现中国工农红军那场波澜壮阔、艰苦卓绝的伟大长征?再后来,《雄关漫道》作为长征胜利70周年献礼片,在央视"一黄"播出后,好评如潮。获得了全国"五个一工程"奖、金鹰奖、飞天奖等奖项。该剧除真实地正面展现事件和人物之外,还在历史氛围的营造方面下了很大功夫。在环境造型上力求逼真,使其具有历史感、生活感和纪实性。

花江大峡谷其实是北盘江大峡谷的其中一段,北盘江是珠江流域西江上源红水河的大支流,发源于云南省沾益区乌蒙山脉之马雄山西北麓,流经云南、贵州两省,多处为滇黔界河,至双江口注入红水河左岸。北盘江全长449公里,总落差1985米,河口多年平均流量390立方米每秒,流域面积26557平方公里,在云南境内称为革香河,习惯上称北盘江上源。全流域有大小瀑布165处,以打帮河上源可布河上的黄果树瀑布最大。主要支流有：拖长江、可渡河、乌都河、月亮河、麻沙河、打帮河等。北盘江大峡谷位于贵州省贞丰县，秦汉时期属古夜郎国的领地，北盘江就是司马迁《史记》中所说的"牂牁江"，而古夜郎国的都城就在牂牁江上游地区，正如班固《汉书》中所云："夜郎者，临牂牁江也。江宽百步可行船。"

北盘江流经贞丰县北盘江镇的那一段被当地人称为花江。据当地人讲，古时候这一地段两岸的山崖上花草树木十分繁茂，每适春夏时节，百花盛开，花瓣纷纷坠入江中，碧绿的江面上飘着一层绚丽的色彩，所以就把这一段北盘江称为"花江"，这一段峡谷自然也就叫花江大峡谷。这里山势险要，连绵不断，水流湍急，奔腾呼啸，当地的民歌是这样唱的："山顶入云端，山脚到河边。隔河喊得应，相会要半天。"1962 年，位于板贵乡的花江公路大桥建成通车，两岸的人要相会就很方便了。

花江两岸是典型的喀斯特地貌，随着人类的繁衍生息，两岸逐渐变成了名副其实的"石头的王国"，很少见到泥土，更没有茂密的森林。对于旅游观光者而言，这是一道风景，而对于当地的居民而言，这种石漠化土地上的生存条件却是很艰难的。贞丰人硬是在这种被认为"不具备生存条件"的喀斯特地区创造了一个奇迹——发展生态农业，种植十万亩花椒，将石漠化变成绿洲，彻底改变了生存环境。这样的改变，可以说我是亲历者，2005 年至 2008 年期间，我无数次在花江大峡谷走村过寨，曾写过散文《白层古渡》，中篇小说《八颗苞谷》，长篇小说《绝地逢生》等，后来又将长篇小说《绝地逢生》改编为同名电视连续剧，并于 2009 年的"两会"期间在央视"一黄"播出，引起了社会各界的强烈反响。

我从未想到过在花江大峡谷之上，可以修起这么一座叹为观止的桥梁。这座桥梁无疑震撼了我，这个震撼，来源于我第一次到桥脚下的花江村小花江组时的感受。2006年为了拍摄电视剧《绝地逢生》，我来到这里时，感觉小花江村民组就是一个石头堆砌的村寨。向前看，是关岭县高耸入云的一排排大山，向后看，悬崖峭壁矗立在天上，给人一种泰山压顶的压迫感，仿佛那些巨大的山崖随时有可能倒下来，把这个小村寨碾得粉碎。这样的压迫感，让我充分地感受到了"乌蒙磅礴"的气势。这里的山都是裸露着的，几乎看不见什么土，除了石头还是石头。花江村小花江组位于北盘江畔的一个传统的布依族村寨，102户人家，人口434人，隶属贵州省贞丰县平街乡，是典型的喀斯特岩溶山地地貌。

这里曾是滇黔交通要道，一座古老的铁索桥见证了它昔日的辉煌。这里历史文化底蕴厚重、民族风情浓郁、自然风光迷人，堪称北盘江大峡谷的一颗璀璨明珠。然而，这颗"明珠"长期"养在深闺无人知"，不仅没有让村民们心里亮堂起来，反而因为交通不便、基础设施落后、增收渠道不多、环境治理不好、基层治理不佳等原因，这颗镶嵌在山水间的"明珠"黯然失色。

清代诗人彭而述有一首题咏花江的诗："铁索黑水旧知名，天水曾当百万兵。试问临邛持节客，当年何路入昆明？"诗中所写的"铁索"指的就是这座花江铁索桥。从明代开始曾几次在这一带建桥，要么被洪水冲垮，要么毁于战乱。清代光绪年间，军门蒋宗汉竭力筹款建桥，历时6年之久，终于建成了这座长71米、宽2.9米、距水面高约70米的铁索桥。铁索桥历经百年风雨，几经洪水冲击，抗战期间又遭日本飞机轰炸，至今依然寒光闪闪，岿然不动。

这座桥既是连接贞丰县和关岭县的纽带，也是贵州和云南交通道路上的一把锁钥，一个咽喉。对岸的古驿道直通关岭县的花江镇，再经由黄果树瀑布直达安顺市、贵阳市；贞丰县这边的古驿道则经由兴仁市、兴义市直达昆明市。据地方志记载，1952年，一群山羊从桥上经过时，将铺在铁索上年久失修的木墩踩断了，中断交通达一年之久。贵州省交通厅于1953年将其修复。1984年，贵州省政府再次对铁索桥进行维修，使它更加牢固、美观，并在桥头建了一座六角亭子。位于贞丰县板贵乡的花江公路大桥建成通车以后，这里便逐渐冷落下来，铁索桥更多的是作为一种文物而存在了，所以在1982年贵州省政府便将它列为省级重点文物保护单位。铁索桥南岸贞丰县境内的古驿道上，有一条由许多大小摩崖石刻、石雕连接而成的书法艺术长廊，可以让人回味一下久远的历史。

  可以说，这段花江上的几座已经通路的桥梁分别代表了几个不同世纪的产物，铁索桥是18世纪修建的，钢筋混凝土结构的板贵乡公路桥是20世纪修建的，而北盘江特大桥是关岭至兴义高等级公路的所属大桥，这座现代化的悬索桥则是21世纪的产物，成为21世纪初连接两岸的新的交通要道。这座大桥也就成了新的滇黔通道上的锁钥和咽喉。它以388米的主跨长度，横跨号称"世界大裂缝"的花江大峡谷，桥面至江面高达366米，是同类桥梁中的中国第一。我于2005年春天经过这座中国第一高桥时，那种兴奋和惊讶，至今记忆犹新。站在桥梁的观景台上，往左看，山峦叠嶂，新公路盘旋其间，像天路纵横在白云之间；往右看是峡谷的最深处，一座石拱桥横跨花江南北，巨大的山体耸立着几十座刀削般的山峰，石拱桥显得是那么娇小。我曾无数次驾车经过这座石拱桥，石拱桥连接的老花江公路由于新公路的建成，昔日繁忙的景象已经不复存在。在2003年以前，从贵阳经过这条老公路到贞丰县城需六个小时左右，眼前这座中国第一高桥通车后，时间缩短了两个半小时，2009年，坝陵河大桥通车后，又缩短了一个半小时。现在，从贵阳到贞丰县只需两个小时即可到达。

据不完全统计，近年来北盘江上建设的公路桥和铁路桥有30多座，其中7座为世界级别的桥梁。如果说，2009年通车的坝陵河大桥以全长2237米，主跨长1088米刷新了关兴公路北盘江特大桥中国第一高桥的记录，那么在2016年9月10日，杭瑞高速毕节至都格段北盘江大桥合龙，高565.4米，又取代了坝陵河大桥成为世界第一高桥。这座新的北盘江大桥，原称尼珠河大桥，是中国境内一座连接云南省曲靖市宣威市普立乡与贵州省六盘水市水城区都格镇的特大桥，位于泥猪河之上，为杭瑞高速公路的组成部分。该桥于2013年动工建设，2016年9月10日完成合龙，2016年12月29日竣工运营。它北起都格镇，上跨尼珠河大峡谷，南至腊龙村，桥梁全长1341.4米，桥面至江面距离565.4米，采用双向四车道高速公路标准，设计速度80千米/小时，工程项目总投资10.28亿元。

可是，杭瑞高速北盘江大桥世界第一高桥的地位也将不复存在，因为，六枝至安龙高速花江大峡谷大桥将再次刷新这个纪录。

而花江大峡谷大桥下的小花江村民组，时至今日，随着交通的高速发展，也旧貌换新颜。原来这里是"石窝窝的苞谷岩缝缝的草，春天的光棍满山跑，留不住老婆娶不进媳妇，风吹石头遍地吵"。长期以来，小花江村民组主要依靠传统种植和养殖为主，这显然是这片土地的短处，而他们还只能在这短处上寻找生计，这必然造成增收渠道窄，产业单一，村里主要劳动力不得不外出打工，留下老弱病残仅靠传统的种养殖获得微薄收入，长期以来，这里的群众一直挣扎在贫困线之下。实施精准扶贫后，这里的贫困趋势得到了有效的遏制，并于2020年脱贫摘帽，人均纯收入达到8175元，撕掉了千百年来贫困的标签，走上了致富的道路，成了远近闻名"绝地逢生"的生动故事，其前后鲜明对比的真实写照被大家誉为"石头开花"的村庄。特别是乡村振兴示范创建活动启动，乡、村两级结合小花江实际，在深入调研后，确定走"红色"+文旅融合+高质量发展之路。在实施项目上，坚持以增加群众收入为核心实施以工代赈，充分动员群众在项目工地务工、为项目提供闲置废旧材料、废旧房屋出租改造等方式参与项目建设获得收入。自2021年小花江组启动乡村振兴示范创建以来，共实施乡村振兴示范创建项目7个，投资720万元，群众通过务工、提供材料等获得收入达143万元。在鼓励创业上，通过项目实施、乡村特色旅游、红色教学培训等不断增加人员和聚集人气，动员多户外出务工人员返回开办农家乐，年收入达10万余元；在拉动旅游上，依托小花江秀美风光和铁索桥、摩崖石刻文化周末游、长假游旺季时段，动员30余户群众售卖特色农特产品，户均年营收可达3万余元，村级成立的贵州省红色文化研学有限公司已累计营收超12万元并全部纳入村集体经济。在产业增收上，结合小花江气候，以旅游商品产业为核心，动员群众实施老幼皆宜的生态特色小米蕉种植，亩产产值可达3000余元。增收渠道拓宽了，村民人均纯收入增加到12778元，巩固脱贫攻坚成果成效显著。

乡村两级以张爱萍将军曾率红三军团掩护中央纵队渡过北盘江的历史事件和革命遗迹为主轴线，深入挖掘红军在平街、红军激战铁索桥、红色码头等本地本土红色资源，争取东西部扶贫协作资金267万元，盘活闲置学校资产打造"革命遗址+研学""革命遗址＋体验""革命遗址＋多业态"的小花江红色文化研学基地，通过设立5个革命传统实践教育现场教学点，常态化开展群众红色现场教育，让革命精神发扬光大；依托清朝年间修建的古铁索桥、摩崖石刻群、茶马古道等历史文化资源，通过邀请省、州、县专家学者实地探访和座谈交流，进一步理顺文化传承和文化精髓，进一步建强村民精神文化阵地，以当地民族特色"八音坐唱""三月三""六月六"等布依传统文化民俗活动为契机，组建群众民族技艺传承队伍，组织开展看表演、听口述、办宣讲的形式，传承和发扬布依文化，不断丰富群众精神文化生活，展现在党的民族政策下小花江布依古寨取得的变化和成就。2021年以来，先后吸引惠阳区三合街道、镇隆镇、贵州大学等省内外多个单位100余批次先后到小花江旅游考察学习，通过乡村特色旅游、红色教学培训等不断增加人员和聚集人气，不断激发群众积极参与的主动性和文化挖掘传承活力，丰富群众文化生活。

作为民族传统村落、特色村寨，小花江的居民住房条件得到极大改善，然而，在相当长一段时间内由于传统的牛羊散养，导致环境问题比较突出。"晴天一身灰，雨天粪臭味！"这是当年花江村的真实写照。为了改善人居环境卫生，村支两委积极动员养殖户通过种草圈养，结合传统村落保护工作，投入项目资金实施房屋改造、卫生环境提升，大力推进道路交通改造，将原来泥泞的道路修缮为鹅卵石铺就的旅游石板路。现在的小花江，彻底改变脏乱差形象，道路变宽了，房屋变靓了，环境变美了，群众变富了，形成了有口皆碑的"四变"。

随着群众收入持续增长、村庄风貌更加靓丽、乡风文明继续提升，具有丰富的红色文化、历史文化、民俗文化、桥旅文化和自然风光等资源的小花江——这颗长期"养在深闺无人知"的明珠正在绽放出璀璨光芒。2021年，小花江被认定为黔西南州特色田园乡村·乡村振兴集成示范试点，2022年被认定为黔西南州乡村振兴实践教学基地，并入选第四批贵州省乡村旅游重点村。未来的小花江，将紧紧围绕党的二十大提出的"建设宜居宜业和美乡村"的目标要求，努力实现宜居、宜业、宜游、宜乐的幸福美好新农村。

随着花江大峡谷大桥的竣工，小花江村民组将搭乘这座世界第一高桥——"桥梁观光＋桥梁运动体验＋旅游服务"为一体的桥旅融合综合体，在致富路上更上一层楼。

毫不夸张地说，贵州是世界桥梁博物馆，根据统计，世界高桥前100名中有近一半在贵州、前10名中有4座在贵州，获桥梁界诺贝尔奖之称的"古斯塔夫斯·林德撒尔奖"的桥梁全国有9座，而贵州就占4座。贵州仅公路桥就有2.7万多座，加上铁路、城市立交桥，超过3万座桥梁。贵州的桥梁不仅数量众多，而且规模、造型、结构丰富多彩，从世界桥梁范围内来看，无疑是出类拔萃的，被誉为"世界桥梁博物馆"是名副其实的。

贵州有万重山，就有千条水，贵州的河流处在长江和珠江两大水系上游交错地带，有69个县属长江防护林保护区范围，是长江、珠江上游地区的重要生态屏障。全省水系顺地势由西部、中部向北、东、南三面分流。

苗岭是长江和珠江两流域的分水岭，以北属长江流域，流域面积115747平方千米，占全省国土面积的66.1%，主要河流有乌江、赤水河、清水江、舞阳河、锦江、松江、牛栏江、横江等；苗岭以南属珠江流域，流域面积60420平方千米，占全省国土面积的35%，主要河流有北盘江、南盘江、红水河、都柳江等。

我从乌蒙磅礴的贵州西部到苗岭逶迤的南部，再到武陵峻峭的东部和娄山巍峨的北部，可以说，走遍了贵州的四大山脉，两大水系，穿越了山脉和水系中大大小小的桥梁和长长短短的隧道，真切感受到了"天堑变通途"的雄伟画卷。这张由大桥、隧道构筑起来的高速公路网，使高原的万水千山不再是阻拦社会经济发展的瓶颈，让眼前的千山万壑变得平坦起来。

逢山打洞，遇水建桥，这是贵州地貌特征所决定的状况，如果说 4186 公里的近 3 万座桥梁让江河纵横的贵州不再坎坷，那么超过 2683 公里的 2535 条隧道让万峰成林的贵州不再崎岖。

乌江为贵州省第一大河，被誉为贵州的"母亲河"，是长江上游南岸最大的支流。乌江发源于贵州西部威宁县乌蒙山东麓，有南、北两源，南源三岔河长 322 公里，为乌江主源，北源六冲河长 210 公里，两源在黔西县化屋基汇合后称乌江。乌江从发源地至河口全长 1050 公里，落差 1787.46 米。其耳熟能详的大桥有乌江上游的鸭池河大桥、河闪渡乌江特大桥、金烽乌江大桥、江界河乌江大桥、德余乌江特大桥等 82 座大桥横跨乌江南北，支撑起了乌江流域两岸的社会经济发展。

我行走贵州大桥的最后一站是德余高速乌江大桥，这座大桥位于贵州省思南、石阡、凤冈三县交界处，大桥全长 1834 米，主跨为 504 米上承式钢管混凝土拱桥，目前它是世界上最大跨径的上承式钢管混凝土拱桥，刷新了平罗高速大小井大桥 450 米世界第一的记录。

而乌江流域除了桥梁，最为显著的是隧道。在贵州十大隧道中就有七座穿越其间。在我以往的记忆中，最难忘的当然是娄山关下的凉风垭隧道。2005 年 12 月，当我第一次驾车通过这座隧道时的惊喜至今让人难以忘怀，因为我的车不用再翻越令人生畏的七十二道拐盘山公路。

七十二道拐是乌江流域有名的"魔鬼路段"，是抗战时期史迪威公路的最后一段，它与北盘江流域的晴隆县二十四道拐齐名，是贵州弯道最密集的盘山公路。2005年以前，我几次驾车经过此路段时，都给我留下了不可磨灭的记忆。我的车几乎每拐几个拐，就会看见有翻倒的车辆，其险峻触目惊心。你要经过这个路段，就要做好当"山大王"的心理准备，这里堵车是家常便饭，一堵上短则几个小时，长则达数天之久。这条路于1933年8月竣工，1938年5月通车，是大后方战备公路，它是缅甸仰光到昆明、昆明到贵阳、贵阳至重庆唯一的一条国际通道，也是战时陪都重庆的最后一道最为险峻的屏障。该路从娄山关的凉风垭垭口西侧，过牛滚凼、花秋坪、刘家大坡下到三场口，长18.6公里，由于山高林密，许多路段荒无人烟，冬季常有凝冻，行车极其艰难。七十二道拐坡陡弯急，车刚转过弯还没来得及回方向盘，前方又是弯道了，你只有不停地左打方向盘，右打方向盘，还不能手忙脚乱，否则你就车毁人亡。

当年"七十二道拐"被称为魔鬼公路，是因为其险峻、车祸频发，到了21世纪初，"七十二道拐"仍然被称为魔鬼公路，除了其险峻、车祸频发外，还增加了人祸之说，这个人祸被当地人戏称为"公路游击队"，这个"公路游击队"的代名词有"飞虎队""劫道班""飞车大盗"等，有人说，原来人家铁道游击队是为了抗战，是英雄，而这里的"公路游击队"却是危害群众，危害过往车辆，与车匪路霸没有两样。其根本原因就是因贫生匪。

七十二道拐是一条英雄的抗战公路，本是一条红色之路，却渐渐转变为一条黑路。当地有些人靠路吃路，把川黔G210国道搞得鸡犬不宁，致使过往行人和车辆"谈路色变"，七十二道弯成为名副其实的"强盗湾"。从1993年到2004年10年间，仅劳改服刑人员就达355人，其中七二村劳改服刑人员261人，涉及210户家庭，犯罪率高达50%。七二村也因社会治安矛盾突出、党群干部关系较差被列入遵义市打击犯罪重点防控区。

为改变现状，上级部门深入研判，找准症结，狠下决心，靶向发力，多措并举，实现"大乱"到"大治"。

一是开展以"重法治·感党恩·淳民风"为主题的农村思想政治教育，狠抓农村思想政治教育，从思想深处转变观念。二是狠抓法治宣传教育，增强群众法治意识，形成了"遇事找法，办事依法，化解矛盾靠法，解决问题用法"的良好社会氛围。三是狠抓产业发展，斩断穷根，更斩断违法乱纪的邪念，社区经济得到全面发展，通村公路全部硬化，通组公路硬化率达96%，农村电网改造率达100%，农村安全饮水工程全覆盖，组建一支35辆大中型货车的长途货物运输队，乡村旅馆53家，各类养殖大户25户。四是探索了刑释人员帮教新路，全镇刑释人员重新违法犯罪率为零，17户刑释人员家庭年收入达10万元至30万元，部分人员还成为村里的致富带头人。

乡村治理需要坚持久久为功，筑牢社会平安根基，七二村经过"由乱到治"终于化茧成蝶，实现了"大治"到"大美"的华丽转身。2014年大河镇荣获遵义市民主法治建设先进单位；2015年3月，大河镇七二村荣获司法部、民政部第六批"全国民主法治示范村"称号；2016年6月，大河镇荣获"全国法治宣传教育先进单位"称号；2019年12月大河镇七二村荣获"全国乡村治理示范村"。

七二村有国土面积约10.3平方公里，辖8个村民组533户2149人；常住人口343户1350人，长期外出184户603人。由于退耕还林实施得早，全村可耕种的面积只有800余亩，森林覆盖率达到85%。主要收入靠外出务工和乡村旅游，目前全村有乡村旅馆53家，床位3000张。全年共接待游客3万余人次，带动旅游收入510余万元。为了把七二社区建成巩固拓展脱贫攻坚成果样板区，七二村始终坚持以党建为引领，以乡村振兴为统揽，以"五强五抓促五变"为抓手，强化七二村乡村振兴集成示范点创建，探索云贵高原喀斯特地区乡村振兴发展新路。强党建，突出抓学习；强基础，突出抓调研；强统筹，突出抓落实；强机制，突出抓促进；强宣传，突出抓亮点。抓责任落实，变要我负责为我要负责；抓教育质量，变被动学习为主动学习；抓问题整改，变负面清单为满意清单；抓能力提升，变本领恐慌为本领自信；抓先锋引领，变你给我上为请跟我上。始终坚持党建引领，七二村探索出一条适合当地乡村振兴发展新路，全面开启乡村振兴新篇章。

2005年12月渝黔高速公路通车后，大多数汽车不再走凉风垭上面的七十二道拐，而走4107米的凉风垭隧道，原来需要一个多小时翻山越岭的路程，如今只需约五分钟。有人说："七十道弯弯成历史，四千米洞洞穿未来。"有人在隧道南行的出口上方刻下这样一副对联："北进三巴七十二弯成旧梦；南驰三桂百千万壑变通途。"七十二道拐，犹如一位饱经沧桑的老人，充分见证了贵州省交通道路的时代发展和变迁。

站在娄山关之巅，遥想1935年红军翻越雄伟的娄山关时，所历经的千辛万苦，现在几分钟就能穿雄关而过，真是令人唏嘘不已。

如果说2005年通车的凉风垭隧道是兰州至海口高速公路渝黔段的标志性工程，那么17年后的2022年，眼前的兰州至海口国家高速公路重庆至遵义段扩容工程中的"桐梓隧道"将取代凉风垭隧道，成为新的标志性工程。我经过认真思考，建议将"桐梓隧道"更名为"大娄山隧道"，更彰显其地域之巍、洞穿之雄，幸得交通部门认同，正在按程序申报更名。

当我走进即将竣工的"大娄山"隧道时，不由感慨万分，这座隧道再次穿越了娄山关，再次穿越了七十二道拐，它以10491米的长度成为贵州高速公路隧道之最。在扩容路段工程图纸上，我看到了这条路段的隧道群，它们分别是黄家沟隧道全长5270米，单洞两次穿越煤与瓦斯突出的煤层；尧龙山隧道为分离式特长隧道，左洞长5254米，右洞长5241米；茅盖山隧道左洞长4653米，右洞长4681米，最大埋深约340米；松坎隧道左洞长3122米，右洞长3094米；马六坪隧道左洞长3103米，右洞长3164米，为特长单向坡隧道；银盘顶隧道左洞长3025米，右洞长2990米。

兰州至海口高速公路重遵段扩容工程是《国家公路网规划（2013—2030年）》"第10纵"兰州至海口国家高速公路的重要组成部分，也是《贵州省高速公路网规划》中"第4纵"崇溪河至罗甸高速公路的组成部分。该扩容工程建设标准为双向六车道，全长118.92公里，路基宽度为33.5米，其中特大桥梁5座长度达7420.85米，大中桥梁50座长度达19320.3米，隧道24座长度达58536.5米。从这些数据可以看出，在短短的118.92公里的扩容路段中，桥梁和隧道的总长度超过了85公里，也就是说，大小桥梁总长度为26.7公里，隧道总长度达到了58.5公里，桥梁和隧道的占比达到了惊人的72%，可见贵州高速公路建设之难。

兰州至海口高速公路重庆至遵义段扩容工程完善了国家及贵州省高速公路网布局，提高瓶颈路段通行能力和交通运输安全，推进沿线区域经济社会又好又快发展,对同步全面建成小康社会和乡村振兴具有十分重要的意义。

截至 2021 年底贵州架起了近 3 万座桥梁,大小桥梁连起来超过 4600 公里,几乎可以从贵阳到北京直线跑一个来回;打通了 2535 条隧道,连起来超过 2600 公里,比喜马拉雅山脉还要长 700 多公里。高速公路通车里程突破 8000 公里,贵州所有的大小公路连接起来,可以绕地球赤道七圈半。如果加上市政道路、串寨路和联户路,贵州的路接近 40 万公里,可以直接从地球连到月球!贵州由"不平"变"平",从"绝对贫"到不再"贫",实现了从"千沟万壑"到"高速平原"的精彩蝶变。

很多贫困地区一下子从经济的最边沿转变为发展的最前沿,让更多老百姓共享交通发展带来的红利。交通发展取得的跨越性成就,为贵州彻底告别千百年来的绝对贫困提供了基础性支撑,有力支撑了 923 万贫困人口全部脱贫、66 个贫困县全部摘帽、9000 个贫困村全部出列、192 万人搬出大山。这正是贵州人民"团结奋进、拼搏创新、苦干实干、后发赶超"的生动写照。

黔村行记

第三章 ■ 风景这边独好

多彩的贵州，神奇的高原，这是对黔地最简洁而又最准确的定义。贵州西有磅礴壮丽的乌蒙山脉，东有峻峭绚烂的武陵山脉，北有巍峨挺拔的大娄山脉，南有蜿蜒灵秀的莽莽苗岭。这四座山系，支撑起了这块高原的万峰成林。在这千山万壑之中，多彩而神奇是对其最好的诠释。

于我，讲述有关武陵山脉、乌蒙山脉、大娄山脉的文学作品非常多，而有关苗岭山系的作品却少之又少。于苗岭，我是再熟悉不过了。我在这一块土地上走村过寨，目睹了这里无比绚烂的民族风情，领略过这里无比秀丽的山山水水。也许是这一块土地曾经给我留下了不可磨灭的记忆，反而让我的笔不敢轻易触及纸张。这样的记忆是需要长时间的沉淀和长时间的回味，只有这样，我的笔所触及的那些记忆，才有可能鲜活起来，而这样的鲜活，不是我写得好，而是事实本身更精彩。于是，再次走进这一块土地，就成了我急不可耐的想法。有了这样的想法，任何事也阻拦不了我，心动则行动，我就是这样的人。首先从苗岭的主峰雷公山开始。

雷公山位于贵州省黔东南州东南部，地处雷山、榕江、剑河、台江四县之间，面积七十一万亩，原称"牛皮大箐"，苗语称"方薅别勒"，意思是雷公居住的地方，海拔二千一百七十八点八米。

它不仅是国家级自然保护区和国家级森林公园，也是人类宝贵的自然遗产，被联合国教科文卫组织称为"当今人类保存最完好的一块未受污染的生态文化净地，是人类返璞归真、回归大自然的理想王国，是世界十大森林旅游胜地之一"。

雷公山是清水江和都柳江的分水岭，天然植被优厚，雨量充沛。年均降雨量一千六百毫米。不同的地质成因，不同的成土母质，产生不同的地表土壤。其土类中以黄壤为主，占总面积的百分之七十四点七，土属中以硅质黄壤为多，占总面积的百分之五十五点九八。雷公山自然保护区又是许多古老生物的"避难场所"，生物种类近两千种，其中，植物一千三百九十种，列入国家濒危、珍稀重点保护植物四十三种，如秃杉、红豆杉、银杏、马尾松等。药用植物四百六十二种，名贵草药三十余种，有天麻、杜仲、党参、当归等。保护区内还有与人类和谐相处的国家保护动物黑熊、猕猴、大鲵、穿山甲等。

脚尧之路

脚尧村位于雷山县东北部，坐落在苗岭主峰雷公山北麓一千三百八十六米的半山腰上。是雷山海拔最高的一个村寨，农业耕作层在一千三百到一千五百米之间。这里年平均气温只有十二摄氏度，有"围着火炉吃西瓜"的戏称，有"三月还下雪，九月又飞霜"的景象，有"春时种一坡，秋时收一筐""雾当被盖地当床，秋风扫地四壁荒。蕨当主粮灰当盐，有女不嫁脚尧郎"的无奈。中华人民共和国成立前，脚尧村被称为老虎坡，最初只有七户人家。这些人都是迫于无奈，要么是逃荒，要么是躲避战乱，来到了这个荒无人迹的深山老林。我想，这"老虎坡"之名，就是这七户人家叫开来的。可想而知,但凡还有点出路,谁愿意来与老虎为伴呢?当然,现在早已没了老虎,可是这里自然条件的险恶,可比老虎对他们的威胁更大。他们祖祖辈辈过的是"一年辛勤半年粮,半年蕨巴半年苔"的苦日子。为了生存,大部分的村民外出讨饭,也因此被人们称作是"讨饭村"。这里常年云封雾锁、山寒水冷,年日照时间仅为一百天左右,年平均气温仅为十二摄氏度。受气候影响,稻田亩产仅一百五十公斤左右,"吃饭"一直是困扰着他们的最大问题,贫困就像一根无形的绳索,整日勒得他们喘不过气来。

中华人民共和国成立后,在党和政府的领导和关怀下,脚尧人的生活得到了一定的改善,但是由于自然环境过于恶劣,缺乏科技知识,加上"等、靠、要"的思想观念未改变,脚尧尚是个用钱靠贷款、吃粮靠供给、生活靠救济的"三靠村"。改革开放以来,在党的各项富民政策指引下,在各级领导的关心支持下,脚尧人民为了生存,穷则思变、不屈不挠、苦干实干、攻坚克难。以村支两委为组织核心,在致富带头人老支书吴秀忠的领头作用下,脚尧村开始了脱贫致富奔小康的艰苦奋斗历程。

由于山高水冷,粮食年年歉收,这种状况逼着脚尧人去思考。他们开始从优良稻谷品种做文章,苦苦寻找一种适合高寒山区的稻种,力图提高稻田产量,解决粮食问题。脚尧人先是大面积改种一种叫麻谷的品种,希望获得丰收,没想到,麻谷这样的优良品种,在别的地方产量很高,在脚尧却几乎颗粒无收。麻谷是一种十分挑剔气候和土壤的品种,根本就不适应脚尧这样的高寒山区。这个品种不行,就再来一个品种,他们又找到了一种叫"三龙矮"的稻谷良种。这个品种适合高寒山区,不等于适合脚尧这种日照短,且雨季长的气候。那一年,脚尧村的稻子正抽穗扬花时，一场山雨袭来，谷子要么霉变发黑，要么不灌浆，成了瘪壳。无米下锅是当时的脚尧面临的最大困难，幸好，国家及时发放了救济粮，脚尧村才度过了那些艰难的岁月。

1982年，分田到户后，在党员和村干的带领下，脚尧人民发扬愚公移山精神，掀起了大搞劈山造田热潮，经过五年的艰辛努力，全村造成新农田四十亩、旱地三十六亩，户均二点一九亩。之后的几年里，脚尧人先后引种"农育1744""西农175""遵籼3号"等耐高寒产品试种，人均生产粮食增至四百二十八点五公斤，人均收入增至一百四十三元，这才解决了无米下锅的问题。

手里有粮心里不慌，肚子填饱了，怎样让荷包鼓起来？村两委带领群众着手发展经济，增加村民现金收入，解决用钱难的问题。他们把目光投向了大山，打起了山的主意。有一天他们惊奇地发现同是一种野果，脚尧产的就比山下产的甜，从那时开始他们知道，脚尧的山上土质肥沃，适合搞种植；尤其这里昼夜温差大，利于水果积蓄糖分。于是他们除了种好水稻外，又开始尝试在山上种梨子。这里海拔高，梨子比别的地方成熟得晚，等市场上的梨子卖光了，他们才开始挑着梨子下山，再去换粮食。

他们也尝试了种茶叶，谁曾想，这些种不好庄稼的耕地，却是茶叶生长的理想场所。1986年，在吴秀忠的带动下，脚尧村全村都种上了茶叶，面积从最初的六亩发展到了一百三十多亩。

多年来苦苦经营的稻田一直没有多大起色，意想不到的是失之东隅，收之桑榆，他们刚把目光转向了山里，就取得了巨大成功。因此，脚尧人民放弃了传统种粮，大力发展茶叶种植，把茶叶作为发家致富的产业，通过大力发展茶叶，1992年脚尧村人均现金收入达到一千一百二十三元二角一分，首次突破了千元大关。

脚尧人民始终将茶叶作为走出贫困、发家致富主导产业。那时候，他们不懂什么叫作调整产业结构，却清晰地明白要走"山"之路，做好"山"的文章。他们逐渐从单一传统农业向多元化种养殖业推进，弃"粮"经"茶"，实现了三百六十度的大转身。截至2020年底，脚尧建有茶园四千余亩，有茶叶公司四家，茶叶加工厂七家，茶叶年产值六百余万元，成为远近闻名的茶叶种植专业村。目前，雷山全县茶园面积达十六万三千亩，其中投产面积达十三万七千八百亩，产量达五千吨以上，年综合产值突破十亿元。茶叶成为了全县的产业支柱。这里长期云雾缭绕，气候凉爽，很适合高山茶的生长，且茶叶几乎无病虫害困扰。好山出好茶，雷山也因茶叶系列产品获批为国家级出口食品农产品质量安全示范区。

有一种精神叫脚尧精神。感觉到这种精神所给我的震惊是在一千六百米的高度上。于我而言，于贵州而言，于这个高度本身而言，说到震惊两字，似乎有些故弄玄虚之嫌。可就在那个时候，我心中升腾起的两个字就是震惊！曾为地质队员的我，征服过无数的高山，从海拔高度来讲，这里不算高。可是，当你是从海拔一百四十七点八米的地方，越过了一座又一座山，蹚过了一条又一条河，来到眼前这座茶山时，你不能不感慨。我见过无数的茶山，还没见过这么高的茶山。之前，我是知道脚尧茶的，特别是像银球茶这样的品牌，名气不小。在崇山峻岭中，在这样的高度上种出的茶叶，可谓高山茶，在白云深处，在这种的优质的自然条件下生长的嫩芽，可谓云雾茶。如果你无缘品尝，那你肯定体会不到什么是沁人心脾。

那天，我走在茶山的小道上，抬头看见雷公山主峰在彩云中若隐若现，太阳雨随着微风飘过来，贴在我的衣襟上，我并不觉得寒冷。太阳实在是太耀眼，天空却是湿漉漉的。爬坡上坎，步行再快，也并不怎么影响呼吸，而这样的呼吸仿佛是在滤心洗肺。这时候，无疑是愉悦的，这样的愉悦，体现了你身心的轻盈，这样的轻盈，是蓝天、白云、青山、绿水，还有阳光和雨水所能赋予的，它能让你的眼睛看得更远，思维更加清晰而广阔。

有了这样的愉悦，有的人可能会忽视原本该有的疼痛感。我就是这样的人。我感觉到小腿上也湿漉漉的时候，还不以为然，常在山上走，哪有露水不湿脚的？当我习惯性地卷起裤腿，以便更快地步行时，看见小腿上一片血淋淋。我一下愣住了，什么时候碰刮到什么了？是荆棘？还是突兀的岩石？没有答案，也无需纠结答案，就是受了点小伤，没有什么了不得的。在我的小腿上有着几十块伤疤，这是岁月的痕迹。这样的痕迹，可以说，是对我这个曾经的地质队员，翻山越岭的岁月最好的诠释。不就是再多一道疤吗！卷起的裤腿当然不能再放下去，这个时候，裤管与伤口摩擦，一定会很痛。

我们一行七人从海拔一千六百多米的茶山，顺盘山小道而下，行走了约两公里，走进了海拔一千三百八十多米的脚尧村。见到了传说中的老支书吴秀忠的照片，他是脚尧精神的实践者，可惜的是已于 2010 年去世。凝视着照片上吴秀忠老人那张沧桑但慈祥的脸时，我的脑海里想起了著名诗人臧克家令人耳熟能详的一首诗："有的人活着，他已经死了；有的人死了，他还活着……"

吴秀忠老支书显然还活着。在这块地土地上生活着的人们，没有谁不记得他，只要与脚尧人交流，不出三句话，他的名字就会情不自禁地让人脱口而出。

2021 年 2 月 20 日，党史学习教育动员大会召开。习近平总书记讲话指出：

我们党的百年历史，就是一部践行党的初心使命的历史，就是一部党与人民心连心、同呼吸、共命运的历史。历史充分证明，江山就是人民，人民就是江山，人心向背关系党的生死存亡。赢得人民信任，得到人民支持，党就能够克服任何困难，就能够无往而不胜。要教育引导全党深刻认识党的性质宗旨，坚持一切为了人民、一切依靠人民，始终把人民放在心中最高位置、把人民对美好生活的向往作为奋斗目标……

行政村党支部是党在农村的最基层组织。乡村工作是国之大者，这项工作做得不好，将动摇国之根本，这个根本归根到底就是人民。吴秀忠就是这千千万万个行政村党支部的优秀支部书记之一，他几十年如一日地践行党的初心使命，始终把人民放在心中最高位置、直到生命的最后一刻，他牵挂的还是脚尧的人民群众。

在小小的荣誉展厅，我看到的那一张张荣誉证书，就是脚尧人光荣的奋斗历程：1997年省委省政府授予脚尧村"红旗文明村"、1998年省委省政府授予脚尧村"全省农村两个文明建设红旗村"、1999年中央精神文明建设指导委员会授予脚尧村"全国创建文明村镇工作先进单位"、1999年国务院授予脚尧村"民族团结进步模范单位"、2005年中央精神文明建设指导委员会授予脚尧村"全国文明村寨称号"。2006年黔东南州委、州人民政府确定脚尧村为"州级社会主义新农村建设试点"之一，2007年这个昔日"讨饭村""三靠村"，农民人均现金收入达到五千五百一十二元，实现了通路、通电、通水、通电话、通电视"五通"；2013年，实现人均现金收入一万三千二百零八元五角，成了远近闻名的小康村。2014年至今脚尧村持续被省委省政府授予"全省文明村"等荣誉称号。

"穷则思变,敢闯敢试,自力更生,艰苦奋斗"是脚尧精神的核心关键词,这是在20世纪末脚尧人在各级党委、政府的关怀下,通过因地制宜,战天斗地、苦干实干从而凝结出来的精神财富。有了这样的精神,那么梦想成真、化茧成蝶的美好就会向你招手。脚尧人由此彻底改变了一贫如洗的面貌,创造了雷公山贫困区域脱贫致富的人间奇迹。

吴秀忠的三儿子吴先锐个子不高却很结实,一张安详的脸上有着坚毅的目光。他见我小腿受伤,赶紧拿出了酒精擦拭消毒,并用纱布包扎好,这样便可以让我放下裤管,不再担心摩擦到伤口。

我们一行人就坐在他家的院坝里聊天,听他讲父亲吴秀忠的故事。老支书吴秀忠去世后,吴先锐当选为村主任,2016年任村支部书记,2021年任村支部副书记至今。

吴先锐讲起脚尧村的过去,可谓了如指掌。脚尧村地处半山腰上,看得见水,却用不着水,人畜饮水全部靠肩挑背驮。没有充足的水,一切无从谈起。1987年,大家开了个院坝会,决定先解决人畜饮水这个长期困扰脚尧人的问题。在短短的三天时间内,村寨群众就自筹资金四千元。在县水利部门的大力支持下,脚尧人投工投劳苦干一个月,终于把山中清亮甘甜的泉水引进了各家各户。有了水,没有电也不行。以往,脚尧人靠松脂照明,好一点的用煤油灯。脚尧山上的茶青,都要挑到县茶叶加工厂销售,这跋山涉水走五十多里山路,等到达市场,茶青可能早变成了蔫叶。因此,通电一直是脚尧人的梦想,也是急需解决的一大困难,可是,要梦想成真,告别煤油灯,实现生产用电,的确不容易。1985年秋收过后,开院坝会发动群众动用了历年做副业积攒下来的所有资金，购买了一台三千瓦的发电机组，但由于功率不足，发电量根本没办法带动家电，只能勉强用于照明。1992年村里又召集群众大会，筹集建设资金四万四千元。帮扶单位县政协派人蹲点指导，县供电部门大力支持，并派遣技术人员现场勘察设计，修建了一座十二千瓦和五千瓦各一套的小型水力发电站，这才解决了茶叶加工用电问题。1997年，在"村村通"电网工程中，给钱也没人愿意把所需的电杆抬到山崖上的脚尧村。看着这么险峻的高山，这么崎岖陡峭的山道，不要说肩挑几百斤的电杆了，就是空脚空手行路都难。除了脚尧人，没有人心里不发怵的，毕竟命比钱重要。可是，脚尧人没有选择，他们带上手腕般粗的麻绳，碗口大的杠子，从山脚下的黄里村把几十根大电杆硬是抬上了山。1998年，脚尧村完成了农网改造，确保了全寨家家户户的照明和生产加工用电。有了充足的电，农机设备进了山寨，各种家电也进了山寨，脚尧村群众的幸福指数直线上升，集体经济也有了好兆头，大家一合计就乘势建成一个生产能力达两吨的茶叶加工厂。

有了水，有了电，随着脚尧村农业综合开发能力的加强，农产品产量逐年增加，每年秋收后，光靠肩挑背驮，显然已经远远满足不了山货下山的需求。交通闭塞，不通公路成了严重阻碍脚尧生产发展的又一重要瓶颈。如果说，这个问题解决不了，那么脚尧人的致富之路就成了一句空话，通路无疑是脚尧人迫切希望得到解决的最大问题。

在这一带的广大农村里流行着这么一句话，"人民群众富不富，关键要看支部强不强"；在众多的村党支部里也流行着一话，"要致富，先修路"。脚尧村是雷公山区村这一级所在地较早通公路的村寨之一。这是因为脚尧党支部太强，特别是党支部书记吴秀忠实在太强悍。他振臂一挥说："我们没有退路可走，有条件要上，没有条件创造条件也要上！"那年，上级部门挤出五十五万修公路的扶持款给了脚尧村，但对于脚尧村三十三户六七十个劳动力来说，要想修通十一点五公里的盘山公路，根本不可能。1997年雷公山的冬季来了，村支书吴秀忠召集党团员村组干部开会，出谋划策。大家一笔账一笔账地细算，要修通这条公路，至少需要二百五十万元的资金。而且，就是全村七十来个劳动力农活都不做了，全部投入到修公路中去，最少也要二十年。二十年，这是脚尧人等不起的，更是耽搁不起的。摆在大家面前的事实，令人沮丧甚至恐慌。陆续开发的一千零三十七亩优质果品基地，到世纪末就会已进入盛产期了，每年可收获高山梨二百万公斤以上，产值可达四百多万元；新种下的一百三十六亩高产茶园，两年后也将进入盛产期，年产量可达一万公斤以上，产值可达四十多万元；魔芋产量每年都有十五万公斤左右，产值二十多万元；还有多种其他产值达到十万元的农产品。面对这一系列的数字，没有公路，全靠人扛马驮，成本太高，缺乏市场竞争力，这将直接损害群众的利益。所有的人都沉默了。在这关键的时刻，村支书吴秀忠想出了一个办法："靠人力是行不通了，要靠机器，买推土机来干。"吴秀忠说的这句话并非是要凭空蛮干，这是他多次带领村干实地考察推土机上山的线路，并请技术员来勘测的结果。吴秀忠拿出获得省级"红旗文明村"的奖励金十五万元，带着聘请的驾驶员宋文明直接去河南购买推土机。这一去一来，在路上心里急、吃不好、睡不香，十多天整个人就瘦了十五斤，几乎脱了形。1998年3月24日，当吴秀忠回到雷公山山脚时，吓了大家一大跳。看着支书吴秀忠为修路操心成这样了，大伙都很痛心，纷纷说，支书先上山回家睡觉，这里还有大家哩!吴秀忠瞪圆了红肿的眼说:"睡!哪里睡得着。"他手一指推土机:"这东西不上山,这心就踏实不了。"

让吴秀忠不踏实的是坡长近一公里,却达到了坡度六十度的陡峭山崖——"猫鼻梁"这条险峻的小山路。一般人手脚并用,也不见得就能轻松而上"猫鼻梁",七吨重,这么大的一堆铁,咋个上得去哟?咋个办?就开个"诸葛亮会",而宋文明看着愁眉苦脸的大家,像吃了大力丸浑身是胆成了赵子龙,他豪迈地说,"上得去"。于是这样的景象在"猫鼻梁"上演了。七十多个强壮的汉子,一部分人在前面用绳子拉,一部分人在后车用木棒助推,有点像"蚂蚁搬大虫"的样子。驾驶员宋文明像一名将军,时而下车指挥,时而上车不断加大油门。经过两天的苦战,这台重逾七吨的推土机终于过了"猫鼻梁"。第二天,轰轰的开山炮炸响起来,推土机轰隆隆地叫着不停地推拉山石。经过两年的努力,一条全长十一点五公里的道路已开出了路坯,还有四公里无法开掘,是因为这一路段要经过临村大龙村的部分土地,只能暂时停工。为了解决这一难题,省、州、县领导到脚尧调研,并派县四大班子领导和西江镇有关领导到大龙村做了大量思想工作,使问题终于得到解决,并筹措资金共计一百零五万元,于2003年4月8日再次开工。轰轰的开山炮再次响彻了雷公山,推土机轰隆隆地再次叫个不停地施工。经过五个多月的奋战,脚尧村终于在2003年10月中旬圆了"公路梦"。

在村办公楼前的公路旁,一座木质结构的凉亭里摆放着那台修路功臣推土机。凉亭的基脚用青石板镶砌铺垫,顶上盖着小青瓦,四周用小木条围护,由此可以体会到脚尧人对这台老推土机的重视。脚尧村人竖立起块木碑,上面写道:

他是一名老战士，在脚尧村"服役"近十年，是脚尧精神的历史见证者，是脚尧村脱贫致富奔小康的最大功臣，脚尧人亲切地称呼他为"脚尧功臣号"。

……

2003年10月，通过"脚尧功臣号"和脚尧人日夜奋战，历经5年多的艰苦建设，11.5公里的脚尧公路通车，从此，脚尧经济发展进入快车道。"脚尧功臣号"完成了他的历史使命，为了让脚尧村的子子孙孙牢记"穷则思变、敢闯敢试、不屈不挠、苦干实干"的脚尧精神，让脚尧精神永放光芒，脚尧人承诺世世代代照顾好这位脚尧老人。

短短几年时间，家家添置了小汽车，山货随时运进运出，给脚尧人带来了巨大的变化，也使脚尧村率先走上了"小康村"的道路。至今，全村实现了"五通"（即通路、通电、通水、通电话、通网络），这为全面推进乡村振兴打下了坚实基础。脚尧村积极夯实农业基础条件，优化农业产业结构，努力打造生态农业，绿色农业得到了较好的发展。脚尧人不断调整产业结构，实现了经济效益、生态效益和社会效益的良性互动和快速发展；近年来，脚尧村更凭借青山绿水的生态优势，依托着西江千户苗寨的旅游市场，依靠着国家的政策，引领村民走上现代农业产业示范之路。他们还积极发展绿茶产业，现该村有茶叶公司四家，茶叶加工厂七家，茶园四千余亩，茶叶年产值六百余万元，脚尧村因此成为了远近闻名的茶叶种植示范村。同时，脚尧村还积极发展特色种养殖产业，目前有特色种养殖户十五户，种植有天麻二千余亩、魔芋八十余亩。如今，脚尧村辖三个村民小组，四十四户一百九十二人，至2020年全村的人均纯收入达到了二万三千八百元，成为树立在雷公山上的社会主义的小康典型。随着产业的纵深发展，脚尧村已逐步建成了"茶旅结合、特色养殖、绿色庄园"的现代特色农业观光区，基本实现了"乡村产业、人才、文化、生态、组织"全面振兴。

"多亏了穆书记，现在我的红茶供不应求！"村民匡远刚指着正在发酵的一批茶说，第一书记帮大家改变了之前自产自销的方式，如今"合作社＋公司"帮村民提供技术、带客销售，大家干劲十足。

匡远刚是雷山县西江镇脚尧村的村民，他口中的"穆书记"名叫穆修群，是2021年5月主动请缨，从雷山县直机关工委来到脚尧村任第一书记的。

据介绍，现在的脚尧人继续发扬新时代"脚尧精神"，在乡村振兴战略背景下，探索一种新时期适合于贫困山区的产业融合发展，促进民族地区乡村产业、人才、文化、生态、组织振兴；他们已经在新时代西部大开发上创新路、在乡村振兴上开新局、在实施数字经济战略上抢新机、在生态文明建设上出新绩，为全县乃至全州实现乡村振兴树立了新标杆。

近年来，脚尧紧紧围绕农村一二三产业融合发展，构建乡村产业体系，已经形成了绿色安全、优质高效的乡村产业体系，为脚尧人民持续增收提供了坚实的产业支撑。他们大力发展现代高效绿色农业，加快转变农业生产方式，提高农业供给体系的质量和效益，全面推进农业农村现代化。在海拔一千三百八十多米以上的脚尧村，几乎看不见金色的谷粒和草垛，闻不到稻穗的飘香，但可以看见满坡满岭的绿色茶园。老支书吴秀忠曾说："调结构、换思想、壮大产业、生态互补，脚尧人秋天的颜色都变了，由金黄变翠绿了，我们只要收一茬清明茶，就当我们脚尧人打一年的粮食了。"所以，吴秀忠老支书等人一直在把握基本粮食生产不动摇的基础上，向种养殖业摸索前进。从1984年到2008年的二十四年间，脚尧村先后发动群众发展种植养殖业，种蔬菜一百余亩、种折耳根六十亩、种金秋梨一百零三亩、种药材四百六十亩、办小林场六百九十亩、办小草场一千亩、办茶场一千七百亩，同时大力发展养殖业，家家饲养猪、牛、羊，户均存栏达到七头，使传统的单粮食产业发展成为多种产业并驾齐驱的混合型产业。

脚尧的今天，伴随着老一辈的精神，他们从不故步自封，绝不"吃老本"，而今，年轻的一代继续勇往直前，继续承接家业，积极创新品牌，继续打开市场、壮大产业。随着市场和科技的发展，脚尧的传统茶叶不断升级，在中国茶业的影响力和知名度逐渐扩大。他们坚持品质、打造名牌、持续创新，围绕茶叶展开的三产融合也越发深入。以脚尧茶业公司吴先海、富尧茶业公司吴先斌为代表，他们在继承父业的基础上，敢于创新品牌、敢于拓展市场、敢于升级转型。

脚尧村两委积极实施"能人+党员+村干工程"，把党员培养成致富带头人，把致富带头人培养成党员，把党员致富带头人培养成村两委干部。加强无职党员培育，确保每名农村党员掌握一门以上农村实用技术，有一条以上稳定的收入渠道，不断提升党员带富能力。

他们深入实施农村党员创业带富工程，组织党员和致富能人"走出去、请进来"，学习先进理念，利用农村党员干部现代远程教育阵地，组织党员群众学习市场经济知识、农业新技术；在村内建成小康家庭培训基地，邀请农业技术专家、创业致富能人，实地集中讲授、基地现场讲解农业实用技术；积极开展优秀乡土人才选拔、培养、管理工作，用好用活"时代乡贤""文化巧匠""土专家""田秀才"。通过努力，目前全村十三名党员个个是乡土致富能手，家家有产业，并示范培育了五十五名致富能手，一百二十余人掌握了茶叶、魔芋、天麻等种植技术，在茶叶产业的基础上，带动全村发展折耳根、魔芋、天麻、黑毛猪养殖等产业。通过技术培养、产业带动，脚尧村在雷山经商办企业二家，在其他乡镇、村办茶叶加工厂四家，在本村办加工厂五家，在雷山县城及以外买房子二十二户，真正过上了名副其实的小康生活。

脚尧村牢固树立"绿水青山就是金山银山"的发展理念，坚持开发与保护、修复并重，将"生态+"理念融入产业发展之中，大力发展生态农业、林下经济等生态经济，带动观光农业、体验农业、休闲农业等新型产业蓬勃兴起，探索出了一条生态优先、绿色发展的高质量发展新路子。

一村富，不算富，带动周边群众一起富才是富。脚尧人秉持老一辈的精神，在自己发家致富的道路上，带动周边村寨，乃至全县其他乡镇、村一同发展壮大茶叶产业。致富能人吴先海、吴先斌分别成立的雷山县脚尧茶叶有限公司、雷山县富尧茶业公司，通过公司党支部与脚尧村、乌尧村开展支部联建，采取支部共建模式开展结对帮扶，即公司的一名党员与一个茶农党员和一个茶农贫困户结对，共同帮扶发展。以吴先海为代表，他坚持"带动壮大雷山茶叶产业、全力助推群众脱贫致富"为根基，采取"公司+基地+合作社+农户"的茶叶产业发展模式，带动雷山县西江镇脚尧村、乌尧村、羊吾村等十二村通过发展茶叶产业实现脱贫出列，带动贫困群众四百二十户一千六百八十人脱贫，为雷山实现整县"减贫摘帽"作出巨大贡献，该公司也被评为"贵州省农业产业化重点龙头企业"和"贵州省省级扶贫龙头企业"，

2018年被贵州省扶贫办评为雷山产业扶贫企业的标兵。

脚尧村为了使生态保护和发展互相协调，他们首先在产业上选择生态茶叶为主，种植药材为辅的生态绿色发展道路。他们充分利用现有耕地和荒山荒坡种茶，不毁林炼山开荒种茶，单块茶园面积控制在五十亩以内，维护生态平衡。目前，已形成"林中有茶、茶中有林，果中有茶、茶中有果，茶中有禽、禽中有茶"的典型生态茶园。脚尧发展产业立题意高、定位准确，既考虑到当前又着眼于长远，突出产业发展与维护生态平衡并重，实现了"绿水青山就是金山银山"的理念和生态互补效益。

在茶叶产业上，脚尧人民大胆探索"茶叶产业＋农业观光"的乡村茶旅融合发展模式，充分发挥脚尧茶叶资源优势，以农业观光为突破口，推动茶叶生产、加工、销售与体验度假深度结合，完善茶园观光步道，兴建度假农庄，逐步建成了"茶旅结合、特色养殖、绿色庄园"的现代特色农业观光区。

如今，脚尧村变成了"生态美，百姓富"的美丽乡村，村民过上了"闻得见花香、住得进新房、看得见产业、数得出票子"的小康生活。

脚尧村坚持以党组织为核心，充分发挥农村基层党组织的引领作用，围绕"党建强、乡村兴、群众富"的目标，通过党带群、强带弱、企带村，把党组织建在合作社、产业链上，把过去党员群众单打独斗转型为组织化经营，实现村集体经济和农民"双增收"，推动村美民富产业兴。

他们始终牢固树立"党的一切工作到支部"的鲜明导向，以提升组织力为重点，突出政治功能，大力推进脚尧村党支部标准化、规范化建设。通过村两委换届，从党员致富能手中选优"领头羊"，打造一个运转高效的村级班子、一支素质过硬的党员干部队伍,形成了一个"五好双超"村(即:班子协作好、党员管理好、组织生活好、制度落实好、作用发挥好,集体经济积累超三百万元、盈利超一百万元)。同时,他们把壮大党员队伍作为农村经济发展的工作重点来抓,注重把致富能人、外出经商人员培养吸收入党,全村从最初二名党员发展到现在的十三名。

村党支部牵头兴办了"雷山县脚尧富祥合作社"。村党支部充分发挥政治引领作用,实施"金种子"带富计划,十三名党员通过"一帮一""一帮多"与脚尧村民开展帮带服务,通过开展"一户一技能"活动,通过帮技术、教管理、共同占市场等办法,手把手培育成为"土专家""田秀才",推动全村发展一体规划,产业一体带动,每亩茶园每年可为农户创收三千至四千元,最高达六千元,促进农村基层党建和经济社会发展整体水平全面提升,助力乡村振兴。

弘扬新时代"脚尧精神",推进乡村振兴,必须充分发挥党组织的战斗堡垒作用。"党政军民学,东西南北中,党是领导一切的",带领人民群众过上好日子,是共产党的初心和使命。脚尧村能有今天的发展,离不开基层党支部桥头战斗堡垒的引领,也离不开每一位党员干部发挥的先锋模范作用。脚尧村每一位党员干部在完成自家产业生产,做好产业带头的同时,还负责村内各项基本事务,引领全村共同发展。为响应脱贫攻坚政策,在村党支部的牵头下,脚尧村创新性地开展了"十户一体"抱团发展模式,由村内党员分别带领十户左右的农户组建了产业发展、社会治安、环境卫生等若干联创主体,由先进带后进,由富带贫。该发展模式使全村的经济效益极大提高,村内环境卫生治理和乡村治安管理也随之进一步提升。没有党支部的坚强领导和有力组织,脚尧村不可能有今天的山乡巨变。可以说,基层党支部的引领，在脚尧村的发展中起着至关重要的作用，他们是实现美好生活共同富裕梦的坚强引领者和战斗者。

可见做好农村基层党建工作，是实现乡村振兴的前提。乡村振兴是一项长期的工程，需要充分发挥基层党组织的战斗堡垒作用和广大党员的先锋模范作用，团结带领各族干部群众，为推进乡村振兴、实现共同富裕而持续奋斗。事实充分说明，人民才是历史的创造者，人民才是真正的英雄。推进乡村振兴，不能离开群众的主体作用和创造精神，人民是敢闯敢试、敢叫日月换新天的践行者，一定要把党组织的主导作用与人民群众的主体作用有机结合，有效激发群众的内生动力，在群众中掀起主动参与乡村振兴的新高潮。

白岩之变

白岩苗寨的苗名叫"怎留"，意为"层层梯田又大又宽的地方"。在白岩寨的寨脚，是层层相承、块块相连的梯田，梯田一直延伸到谷底的河边。因山脊中有两处裸露的白色石壁，显得巍然壮观，久而久之，"白岩"这个名字便叫开了去。

白岩村位于贵州省雷山县东南部的丹江镇，毗邻雷公山国家森林公园，距县城八点五公里，村域面积四点七平方公里，以山地为主，共有耕地四百二十二亩，林地五千零四十一亩。这里属亚热带湿润性季风气候区，风光旖旎，气候温和，森林覆盖率达到百分之四十五，有独特的云海景观。梯田与民族传统建筑相融共生，白岩村因此被誉为"梯田托起的村庄"。晴天，站在白岩村的梯田上，就可以看见苗岭主峰雷公山。

全村由两个自然村寨组成，分为五个村民组，共一百五十三户六百一十八人，常住一百二十四户五百零三人。其中，脱贫户四十户一百四十九人，易地扶贫搬迁户十七户八十二人。世居民族以苗族为主，民族风情浓郁，苗绣、芦笙表演、苗族建筑技艺、特色手工艺等在此得以保留和传承。独具特色的生态环境和民族文化为白岩村发展旅游产业带来了得天独厚的条件。国家乡村振兴局直属机构中国扶贫基金会等单位的帮扶，给白岩产业建设带来巨大的改变。

乡村振兴的关键是产业、就业。有了产业振兴，那么与之关联的人才、文化、生态、组织便会更加密不可分。村支书唐文德就是白岩村人认同的人才。他于1989年出生，2008年6月毕业于贵州省旅游学校旅游服务与管理专业，后来又毕业于国家开放大学法学专业。他在新加坡长乐集团上海海上黔香阁餐饮有限公司有着五年的从业经历，2013年11月回乡创业，创办了贵州雷公山响水岩生态农业旅游开发有限公司。2017年1月他当选白岩村村委会主任，2021年11月至今担任村党支部书记、村委会主任。这几年他先后被中共雷山县委、县人民政府评为"优秀村干部""脱贫攻坚优秀致富带头人""全县优秀共产党员"；被中共黔东南州委员会评为"全州优秀共产党员"；被贵州省总工会、贵州省人力资源和社会保障厅、共青团贵州省委、贵州省妇女联合会评为"贵州省最美劳动者"；入选文化和旅游部2021年乡村文化和旅游能人。

见到这位"能人"是在"牧云涧梯田度假民宿"的茶厅，那时候我刚坐下来，正想喝杯茶水提提神。这一路走来，确实有些疲倦了。

原本在我这次下乡的行程中没有白岩村的，是在省作协副主席高宏同志的一再提醒下，我才同意把白岩村放进了这次的采风调研中。高宏同志几天前打电话给我说:"你要是不去白岩村,我们年终总结都过不了关。这个白岩村是我们省作协的帮扶点,机关秘书冯智林在那里任驻村第一书记。"我说:"帮扶点上次不是去了吗?还把我十万元的奖金给了村里了嘛!"高宏说:"今年换村庄了,不是在息烽县了,换成雷山县了。我们都去过了,就差你这个主席了。"我一听,这还有啥讲的,这不,我还成了拖后腿的人了,这还了得?得赶快补上。

这段时间创作任务的确太重。刚写完省重点电影《四渡赤水》,又开始搞长篇电视剧《江山》的创作。两部作品还要反复修改,还得不断转换思维,上午还在思考怎样才能创新表现长征中的红军,大脑里一会儿是毛泽东、周恩来、朱德、彭德怀、林彪及红军指战员,一会儿是蒋介石、陈诚、龙云、薛岳、王家烈等;到了晚上,就又得思考电视剧《江山》里那些乡村振兴中的人物,咋个能鲜活起来。这就是现实,两部剧的审读意见随时可能会来,你还要随时应对才行。再说了,省文联的帮扶点在晴隆县三宝社区,我去了几次,答应县里把电影《二十四道拐》搞出来。十年前,我主抓主创的三十四集电视连续剧《二十四道拐》作为向抗战胜利七十周年献礼片,在央视播出后,确实让晴隆县火了一把。这不,抗战胜利八十周年纪念还有两年时间,作为电影的生产创作周期,已经处于倒计时阶段。这是个大制作才能表现的故事,估计投资达五亿元左右。招商引资倒是没问题了,投资商看完了我的编剧阐述后,决定投资。资方催促剧本,我还没写,而创作的乡村振兴的长篇报告文学《我见青山多妩媚》又必须在这个月完成,文章内容还不能单一,一定要涉及产业、人才、文化、生态、组织这五大振兴。赶紧补上缺失的内容,这也是这次我出来采访的目的。因为目的很明确,起初就没有想到高宏所说的这事。

接到高宏的电话，我只能改了行程。不过，我没忘将了他一军。我说："你们都去了，给帮扶点带去什么实惠的？"他说："没办法，作协穷呀！只能派作家写写文章。文军扶贫嘛！也只能这样！"我笑了起来说："没有实惠的帮助，没脸去帮扶点呀！人家村里，可能正翘首张望真正能给他们带来实惠的东西，结果来了个作家协会，只能来点摇旗呐喊的东西，说不定人家心里早已失望得心烦，心想，你们来干啥哩？"

说"你们来干啥哩"时，我特意用了陕西话。在我看来，这似乎更能增加"质疑"的口吻。

高宏也笑了起来，他立刻就将了我一军说："这不正给你汇报嘛！这争脸的事，还得靠主席你。"

在电话里，我也能感觉高宏一脸的坏笑。这对话仿佛在下象棋，我将了他一军，他将了我一军。这一军将下来，还真要来点实招才能破作家协会的窘态。上次也是他要我去息烽县那个帮扶点，也是同一招，我的十万奖金没了。这次还是这一招，行吧！中招就中招吧！不中招还不行。作家协会就这样，无权无钱，我这个主席还能干啥哩？

刚到白岩村，驻村第一书记冯智林就迫不及待地带着我参观"牧云涧梯田度假民宿"。这民宿的确精致，设计新颖又不失民族风格，环境打造上也颇具匠心，是我喜欢的那种，让我眼睛一亮。可我刚长途跋涉而来，对这样太热情的方式，还是要申请暂缓一下的。小冯的这种工作作风，我是很高兴见到的。毕竟他没来什么"虚"的，见省、州文联主席都来了，并没有多余的客套，而是要给我们来一个眼见为实。看着他还乐此不疲地忙着引路、介绍，我又看了看比我还大一岁的黔东南州文联主席李文明同志一头的大汗，我说："小冯呀！你让我们先喝一口水，找个能坐下来的地方，找几个人来座谈一下，可好？"

冯智林这才可能意识到，这是两个年近花甲的老头。这民宿依山而建，东一套西一套，上一套下一套的，这太阳又实在太大。于是他把我们带进了民宿前台大厅中的茶憩区坐下。热腾腾的茶上来了，却不能立刻就喝，这时一阵阵凉风从窗外吹了进来，很是爽人心。在贵州就是这样，无论太阳怎样大，晒得你心慌，只要你能站在树荫下，就会有凉风吹来。何况，我们坐宽敞的大堂里，穿堂风过，浑身爽朗！这时，能人村支书唐文德拿着矿泉水进来了。

我接过唐文德递过来的冰凉的矿泉水一饮而尽。他睁着一双惊讶的大眼看着我，欲言又止。我当然能洞悉他的之所以惊讶！这老头咋这么厉害？这么凉的矿泉水，就这样咕噜咕噜一口而下了？赞叹一句吧，不妥；道歉一句吧，也不妥。这样的场景，他说点什么才妥，确实是个难题。他的欲言又止可能是这个时候最好的呈现。当然，我那时的呈现立刻缓解了他的难堪。我放下空瓶子，抚摸了一下肚子说，"舒服了。"然后，我严肃地一手指着他说，"你就是唐文德支书，如雷贯耳呀！果然是个人才呀！"又一手指着冯智林说，"人家唐支书，水平就是高。"见我这样说，大家不知我葫芦里卖的是什么药，一时无解，唐文德和冯智林也只能面面相觑。

见状，我赶紧笑了起来。我一手拿起那个矿泉水瓶说，"这个能解决目前最要紧的问题。"又一手端起那杯热茶说，"也不能说这个不能解决问题。"我又扭头笑嘻嘻地对李文明说，"文明同志，如果，我们的喉咙渴得快冒烟了，而这个口渴又可比喻我们的基层工作在乡村振兴中所遇到的问题，你说，哪个是解决追切问题的所在。"

李文明也笑了起来，他指着矿泉水瓶子说："这个更快。"

我说："智林呀，怎么样？这唐支书的水平比你高一点吧？"

大家都会心地都笑了起来。

见气氛热烈了起来，我品了一口热茶说："也不能说这个不能解决问题，现实的状况是我们等不起呀！"

冯智林有些腼腆地说："是我没做好！"

我又喝了一口茶，对大家说："来，都品一品冯智林同志的雷公山茶。"

一时间，吸茶的声音此起彼伏。我当然知道，这些声音，其实是一种态度，两层意思，一是对雷公银球茶表示认可，二是对冯智林表达安慰。毕竟，我对唐文德的赞许，有点拿冯智林来铺垫的意味！

我说："好茶呀！真是沁人心脾。"大家纷纷赞同，说："好茶！"我放下茶杯说："好，我们来讨论关于冯智林同志的问题。这个问题就是热茶的问题。我们都知道绿茶能解渴生津，于口渴本身而言，绿茶是最佳选择，它能从根本上解决口渴的问题，不要说你喉咙冒烟，就算是冒火也不怕，清热解暑是绿茶的基本功能。所以，冯智林同志给我们茶喝无疑是正确的。"

大家轰的一声，都笑了。

"刚才与大家开开玩笑，现在该言归正传了。"我举了举茶杯说，"刚才我也说过，不能说这个不能解决问题。还是那句话，如果，我们用今天的口渴这件事，来比喻我们的基层工作在乡村振兴中所遇到的问题。那么冰冷的矿泉水和热茶之间的关系和作用，以及所带来的效果，我们可以思考思考，是不是可以这样讲？比如哪些工作是眼前必须立竿见影的，哪些工作又是不能操之过急的。冯智林同志来驻村都一年多了，唐文德同志更是长期在基层工作,比我有经验,怎么样?我的话够多了,今天我来,主要是听你们讲的。"

大家见我一脸的认真模样,又笑了起来,大家都很放松,看起来很愉快!在这样的氛围中,冯智林和唐文德显然没有了拘束,我们便无障碍地交流起来。

据唐文德支书介绍,2018年,在国家乡村振兴局的关心下,乡村建设基金会协调企业捐赠一千万元,雷山县政府配套七百万元,在白岩村打造乡村旅游扶贫精品民宿示范点,大力推进"乡村旅游+"产业扶贫,打造了集休闲度假、亲子出游、户外乡村体验于一体的综合型精品民宿项目"牧云涧梯田度假民宿",年均接待游客三千六百人次以上,经营收入达到一百余万元。依托民宿产业链条,白岩村开发了"民宿+N"系列产品,推出了一系列农特产品和特色旅游体验项目,不断提升"牧云涧"民宿品牌,让民宿产业成为了白岩村重要的经济支柱。依托民宿旅游产业,通过合作社整合资源,壮大集体经济,推行"政府+社会+合作社+贫困户"的发展模式,首创了"五三一一"合作社收益分配模式,即收益的百分之五十作为滚动发展资金,百分之三十作为村民分红资金,百分之十作为公益基金,百分之十作为合作社骨干鼓励资金,有效带动了全村经济发展和村民就近就地就业,成功实现了利益联结,促进了群众增收致富。因发展乡村旅游产业带富成效显著,2019年,白岩村被贵州省旅游发展委员会评为"贵州省乡村旅游村寨乙级",同年9月白岩村"牧云涧民宿"被中国旅游协会评为"中国好民宿",10月,白岩村在海南博鳌举办的文创论坛上被评为"产业扶贫、最美乡村"。2020年,"牧云涧民宿"荣获中国民宿榜"黑松露"奖TOP5民宿,2021年1月获得中国扶贫基金会"2020年度最美村宿优秀奖",2022

年4月被贵州省文化和旅游厅评为贵州省"十佳花海民宿",白岩村也获评中国移动全国"书智乡村"二十佳优秀示范村。

白岩村打造"分享村庄、百美村宿"乡村旅游扶贫项目,成立了雷山县白岩村梯田部落旅游专业合作社,并以"党支部＋项目＋合作社＋农户"的组织方式,共同打造"梯田＋民宿"农文旅模式,依托民宿发展乡村旅游产业。这一举措不仅有效解决了村民的就业增收问题,壮大了村集体经济,还有效激发了村民共同参与乡村振兴的内生动力。

白岩民宿项目主要分为三期进行建设:第一期民宿项目流转老百姓两栋闲置的房子来打造样板院,建设占地面积四百八十一点四九平方米,总共十六个房间二十六张床位,于2019年6月建成运营。二期民宿采取完全新建的形式建设。占地面积九百五十九点六二平方米,新建三栋公区,五栋稻田民宿十三间房二十二张床位,并且盘活了原白岩村小学闲置教学楼作为刺绣、蜡染、手工等游客非遗体验中心,于2020年7月建成运营。三期民宿继续采用流转老百姓闲置房屋形式建设,共改造九栋民房,占地面积一千六百平方米,共三十三间房六十五张床位,于2021年4月建成运营。

项目建成后,引进了专业的第三方运营商来带动合作社运作,合作社与第三方运营商按照7∶3的比例对民宿收益进行分成。截至2022年底,民宿营业总收入达二百二十一万元,其中,2021年收入一百零六万元,2022年收入一百一十五万元。

民宿项目还直接带动白岩村五十三人就业,间接就业三十一人,其中项目施工期间带动就业四十四人,工期六个月,人均月工资四千元;运营期间,前后带动十一名白岩本地村民在民宿作为服务人员就业,人均月工资不低于二千六百元,目前长期在职民宿管家有八人。

民宿慢慢地火起来了。白岩村开启了"民宿+N"的乡村旅游新模式，牵引中国天气出资八十一万元为白岩建中国气象基站，协调贵州移动出资八十万元，为村里建设了"5G"基站和一整套数字化管理平台，通过大数据赋能，大力推动数字乡村发展。目前白岩村百分之八十以上的客源均是通过网络预订。在此基础上，白岩村搭建了"黔移庄园"农产品电商平台，通过"5G"视频直播溯源等方式，间接带动开发多种业态和产品，包括杨梅汁、米酒、优质稻米、稻花鱼、茶叶、蜂蜜、刺绣等手工制作，间接带动了村民二十余万元的直接收入。2022年，脱贫人口人均纯收入增长了百分之一十五点七八，达到了一万六千零八十二元。

同时，白岩村依托数字乡村发展，搭建了"黔移庄园"农产品电商平台，通过"5G"视频直播溯源的方式，间接带动开发多种业态和产品，村里的稻花鱼、黑毛猪、果蔬由合作社收购销售作为民宿食材，五百多亩水稻通过与本地企业合作打造有机稻米销售，农户长期习惯存储的稻谷统一酿造成美酒销售，油菜花既作为景观观赏，也经加工后销售为民宿食用油，雷公山百花蜜大受游客青睐卖到二百元一斤，苗族银饰、刺绣也很受游客喜爱……除了直接购买农产品，"黔移庄园"还推出了"我在苗乡有亩田""我在苗乡有头猪"的招牌，让消费者在线定制认养农产品，可以实时查看自己的"一亩三分地"，等待农产品成熟时，即可直接去现场采摘和提取。民宿投入运营后，吃住行游购娱等产业链也都被盘活了。比如说，村民杨启忠会做木凳，合作社帮他把凳子销售到北京、韩国等地；李秀明会做木勺，就推荐客人去他的小作坊里进行体验；杨昌花大姐的厨艺很出众，酒店就聘请她当厨师。除了这些，村里还成立了民族传统芦笙队，组织开展"云上人家文化节""我在苗寨有间房"等活动，以民宿经济盘活产业发展，间接带动了村民二十余万元的直接收入。

特别是依托全县"茶麻菇稻"农文旅融合现代农业产业园建设，白岩村凭借特色村寨景观和民宿产业成为园区游客休息和消费的支点，重点打造了茶叶、优质稻、苗族稻作文化的消费业态。村里的二百多亩茶叶加工成接待用茶，春茶茶青收购六十元一斤，优质稻米作为伴手礼卖到二十多元一斤，传统工艺制作的米酒加工包装后二百多元一斤。搭上"茶麻菇稻"农业产业园发展快车的白岩村，将会迎来又一波巩固拓展脱贫攻坚成果，全面推进乡村振兴的发展红利。

依托中国移动"数字黔村"管理平台，白岩村探索积分制管理办法，以积分评价管理为抓手，将乡村振兴的二十字方针与村规民约的各项要求量化为积分指标，将其细化为环境卫生、遵纪守法、公序良俗等二十九项积分事项，对农户行为进行评价后形成积分，并通过红黑榜进行公示，积分结果与年度分红挂钩，通过积分管理把乡村振兴措施转换为实践导向；同时，充分发挥"一中心一张网十联户"机制作用，狠抓自治、法治、德治，加强法律宣传和法律服务，并发挥乡贤理事会、寨管委等村民自治团体的作用，完善村规民约，引导形成良好的乡风民风，对高价彩礼、人情攀比等行为形成约束。目前，白岩村已完成二十路公共区域，以及四十五路村民室外枪机摄像头和"云喇叭"终端的联网建设，实现了对重点区域的监控。"数字黔村"管理平台还为白岩村村委提供了综合基层管理、智慧党建、数字一张图、便民服务、乡风文明、旅游管理等基层治理管理手段，进一步健全完善了党组织领导的自治、法治、德治相结合的乡村治理体系，实现了白岩乡村的"智"理。

可以说，白岩村是巩固拓展脱贫攻坚成果，全面推进乡村振兴的一个典型缩影。在2019年白岩村脱贫出列后，这个村始终坚持"四个不摘"（即摘帽不摘责任、摘帽不摘帮扶、摘帽不摘政策、摘帽不摘监管），进一步抓好"三落实"（即落实责任、落实措施、落实任务），重点围绕"九个聚焦"（一是聚焦政治引领，二是聚焦服务大局，三是聚焦科学精准，四是聚焦巩固拓展，五是聚焦监测考核，六是聚焦创新驱动，七是聚焦系统集成，八是聚焦持续发展，九是聚焦提质增效）和"六个专项行动"（开展重点人群监测帮扶专项行动、开展"三加一"保障"回头看"专项行动、开展脱贫人口增收专项行动、开展加强衔接资金项目监管专项行动、开展乡村振兴领域盘活"三资"化解债务专项行动、开展国家乡村振兴重点帮扶县高质量发展专项行动），因村因户因人精准施策，健全完善易返贫致贫人口快速发现和帮扶的机制，坚决守住不发生规模性返贫的底线，努力巩固拓展脱贫攻坚成果，全面推进乡村振兴。

除了唐文德如数家珍的介绍，大家也你一嘴、我一嘴地不时补充和讨论。不知不觉一上午很快就过去了。吃了午饭，我们立刻前往唐文德所介绍的地方实地了解，毕竟要眼见为实嘛！

一路走下来，当然是眼见为实了。白岩村的采访接近尾声的时候，太阳像熟透了的果实跌落在山头，血的彩汁流得绿红花紫。真是难以见到晚霞，不再灼人的光线随微风飘浮在层层的梯田上，撩动起一缕缕轻雾渐渐在山谷里聚集，不一会儿，就会形成一片云海。云海之上的白岩村可是天上人间？在我看来，当然是了。

白岩村从一个贫困村，发展到今天的模样，用"旧貌换新颜"来形容似乎还欠了点什么，而对此情此景，我的大脑快速地搜索着，希望能找到身入其境而恰如其分的语言。当我忍不住再次环视群山之后，"换了人间"这四个字一刹那占据了我的脑海。

这就是我当时真实感受。

离开白岩村时，我忍不住对唐文德同志说："你这个同志怎么搞的嘛！我都要走了，你一点要求也没有吗？非要我说出来吗？好！我说，你们村缺景点与景点之间的电动观光车，你要吗？"他说："当然想要，这里道路崎岖，拐弯抹角的，这一上一下的，这对我们本地人来说无所谓，对游客来讲是有点难度。"我说："几台合适？"他说："三台就够了。"我说："行，我来解决！"

我抬头看了看深蓝色的天空，万里无云，东山头升起来一轮亮晶晶的满月，而太阳依然鲜红地挂在西山顶上。日月同辉，这就是久违了的日月同辉——只有来到这青山绿水之间才能看到这样奇妙的祥瑞之象。

常在山里行走，便知道山里人远行有一句谚语，"朝霞不出门，晚霞行千里"。这是山里人独特的经验，朝霞的出现，意味着接着可能要下大雨，而晚霞的出现，则预示第二天必然是个大晴天。

心情实在好极了，看来明天的行程，应该又是一路阳光灿烂。我不禁扭头对大家感叹地说："明天，又是一个艳阳天。"

水寨之梦

石板村位于九阡镇西北部，离镇政府三公里，由原水梅村、母改村、石板村三个村合并而成，下辖二十个村民小组和二十一个自然村寨，全村一千二百二十二户五千四百四十三人，有建档立卡脱贫户四百八十九户二千零四十九人。经过各级帮扶单位的倾情帮扶，石板村已于2018年实现整村脱贫出列，目前贫困人口已全部脱贫清零。

来到石板村之前，我是做了一些功课的。这个村有着三百多年的历史，其中大部分村民都是水族，大多数人都是潘姓。可以说，这个村是一个敢打敢拼、不屈不挠的英雄村、爱国村。在七十八年前，村里一位名叫潘老发的村民带着村民们，和前来侵犯的日军展开了一场血战。

根据史料记载，在1944年11月28日的傍晚，一队三百余人的日军从荔波佳荣方向而来，侵入石板寨，水族青年潘老发等人率领村里的青壮年奋起反抗，用鸟枪、土炮与装备精良的日军作战。日军没想到在这么偏僻的大山里会遭到顽强抵抗。一阵密集的枪炮过后，日军顿时倒下八个士兵，村民也牺牲了四人。由于石板村背靠大山，且地势险峻，又有坚固的石墙为依托，是一个易守难攻之地。日军一时摸不清石墙后的情况，不敢贸然强攻。那个时候日军进攻贵州，从而占领重庆的狼子野心，已成强弩之末，而精锐善战的远征军从缅甸回防贵州，使日军的战略目地进一步绝望。日军在离此不远的独山县遭到重创，这一队日军急着想撤离贵州退回广西，无心恋战绕道而逃。潘老发无疑是个猛人，他立刻带领村民追杀敌人。他们熟悉地形，不时偷袭伏击，沿途不断截杀，又打死了日军十四名，缴获了骡马六匹及一些弹药物资。石板寨水族群众打响了三都水族自治县抗日的第一枪，振奋了各族人民抗战的士气。据不完全统计，三都全县各族人民群众自发与日军交战二十余次，消灭日军官兵一百三十余人，缴获小炮一门、机枪两挺、三八步枪一百八十余支、骡马十七匹以及一些军用物资。

时至今日，在石板村众多的宣传牌中，最惹人注目的便是村口的"石板寨水族群众抗战始末"的那一块牌子。陪着我的是石板村的村支书潘永贤,他是一位"80后"的年轻小伙子。他说:"这块牌子不仅是给前来参观的游客看的,同时还要告诉和激励我们村的村民,石板寨过去是一个英雄村、爱国村,那么今天,来到了伟大的新时代,在脱贫攻坚战的战场上,虽然没有了硝烟和炮火,但我们石板村人同样也不能落后、不能怯弱,要尽全力去争取胜利。"

潘永贤的这几句话让我有些意外,一个年轻的村支书有这样的见识,难能可贵。我猜想他在当支书之前,一定有走南闯北的磨砺。不一会儿,我的猜想得到了证实。

潘永贤说他以前在江苏省常州市打过很多年的工,2016年4月,三都县委组织部动员外出务工优秀青年返乡竞选村干,他听到这个消息后,就决定返回家乡。

我问他:"你当年在外面的收入不低吧?"

他点点头:"月薪最起码七八千元,多的时候还要多一些。"

我说:"既然有这么高的工资,你为哪样还要选择回来呢?"

他想了想,很认真地说:"我如果说,一个人富起来那不是富,全村人富起来那才是富,您肯定觉得我说得有点冠冕堂皇了,但我当时决定回村里来的时候,心里面就是这么想的。这是我的梦想,也是我们村祖祖辈辈的梦想。虽然我常年在外打工,但我经常从网上看家乡的各种新闻报道,从这些报道中,我明显感觉得出家乡的发展是越来越好了,有了这些方方面面的了解,也更加坚定了我回来的决心。"

看着他一脸真诚的模样,我也点点头,很诚恳地对他说:"潘支书,你说的这些话我相信。"

潘永贤回到石板村之后,即被选为村党支部书记。说起当年才回来时的经历，他一脸感慨。从2003年开始，他就去到江苏常州等地务工，十多年中，他不仅积累了丰富的工作经验，还开办了常州市金凤凰水族马尾绣品有限公司，同时兼任着三都县农商行、县人社局驻常州联络员一职，每月综合收入在八千元以上，而刚返乡任村支书时，每月收入不过才一千八百元，这点可怜的工资，不要说养家了，甚至连自己都养不活，为此，他的爱人意见非常大。潘永贤动之以情晓之以理去劝慰爱人，说的也还是那番话，一个人富起来那不是富，全村人富起来那才是富。

只是，不管决心有多大，尴尬的现实情况就摆在眼前，和很多村的情况一样，在脱贫攻坚阶段，石板村不仅急需项目、资金、渠道等等方面的资源，更需要一个能带领群众攻坚克难打胜仗的领导班子。而直到2015年的时候，石板村还是一个名副其实的"空壳村"。何谓"空壳村"？意思就是，村集体经济是零，村支两委也涣散得近乎为零，这样的尴尬现状下，即便能给村里争取到扶贫项目和资金，也很难真正落地实施。

潘永贤和村支两委的工作人员也都认识到了这一点，要想打赢这场仗，就得先改变这一局面。不久之后，村支两委换届选举了新班子。为了加强脱贫攻坚力量，从州到县，也一共选派了五名扶贫工作队员进驻了石板村。

两委班子换成了有眼界、愿做事的年轻人，但干事创业并没有这么简单。潘永贤也表示，自己刚刚回到村里时，最感到头痛的是村里人的思想观念落后。说起来都是长辈，或是从小到大的伙伴，可这些人不仅对村干部不信任，对村支两委安排的事情也多有抵触情绪。举个最简单的例子，村支两委说今晚七点半开会，结果到了九点，人可能都没来一半。尤其是村里长期的贫困，更让部分村民对致富逐渐失去了信心和希望。

更让人尴尬的是，就在潘永贤刚刚才上任的头几天，每天早上他家门口都会聚集一帮人，吵吵闹闹的，都是要争当贫困户的。潘永贤耐着性子和他们解释，现在甄别、判断贫困户是十分严格的，有各项具体措施和指标，他扳着指头说："比如说，一看粮、二看房、三看家中有没有读书郎，说白了，贫困户不是村支两委，更不是某一两个人说了就能算数的。"听他这么说，人们也只能悻悻离开了。

这之后，潘永贤召集村支两委的干部开会，其中最为重要的一项决议是，尽快在全村开展贫困户公开评审。说到这里的时候，潘永贤说："如果是全村先进户、养殖大户之类的评审，那我会很高兴，但这个评审让我心里很难过。当时我就在心里暗暗发了个誓，以后一定要在村里搞一次先进户公开评审。"

之后的一个月中，村干部、驻村干部分头到各村民小组、自然村寨召开群众大会，逐户进行现场评审。通过讲政策，摆事实，讲道理，全村评审出建档立卡贫困户四百八十九户二千零四十九人。评审结束后，没有一人上访，没有一户漏评错评。

这之后，村支两委通过不定期地开展院坝会，反复讲道理，让群众都深刻地认识到，争当贫困户在村里是一种耻辱。所以，在2018年，全村有三十户主动申请不当贫困户。村支两委经过仔细核算收入支出总账，同意其中二十户的申请，并召开了表彰大会，给他们挂大红花、发奖状。

这一路走来，石板村的产业发展可谓充满坎坷，村里先后尝试过黄桃、艾草等种植产业，但因为这样那样的因素，这些产业最终都以失败告终。2019年，村里决定搞板蓝根育苗基地，但因为群众对这一产业不熟悉不了解，参与的热情度都不算太高，潘永贤就和村支两委的干部们商量，干脆先由村合作社搞起来，成功后再扩大，发动党员户、脱贫奋进户入股，带动贫困户种植，这样既能打消群众的顾虑，又让一部分群众先得到土地流转和务工收入。

说做就做。当村合作社投资的四十二亩板蓝根育苗获利十五万元后，群众看到了致富的希望，纷纷有了热情。2020年3月，育苗基地的规模再次扩大，村合作社入股十万元，十七名群众入股九十八万六千四百元，种苗全部卖出后，合作社提取管理费八万七千四百元，股东分红二十八万六千一百元。

分红大会才结束没两天，村合作社集中流转的六百四十八亩土地很快便被群众争相认领了。目前，石板村种植板蓝根达到了二千二百余亩，覆盖全村四百八十五户，其中贫困户为二百二十户，由村合作社免费提供技术指导。群众既可以自己栽培，还可出售给合作社统一外销。

2016年潘永贤回村任村支书后，他召集了村支两委的干部们开了一个会，在会上他说，自己之所以会早早离开家乡出外打工，最大原因无外乎贫穷，被迫辍学。近二十年过去了，现在村里也依然存在着这样的情况，如果不支持教育，不发展教育，那么想培养人才，彻底斩断穷根，就是很不现实的一个幻想。这一番肺腑之言，也得到了村支两委全体干部的认同和响应。

也是从那一年起，石板村每年选出"文科状元""理科状元"，每人发放奖金五千元，对其他考上大学的学生也都进行奖励；另外，每年八月还要举办"高考奖学仪式"，颁发奖金和"状元之家"匾牌等活动，并在村里设立光荣榜，利用村微信群、QQ群广泛进行宣传。

2019年，村集体经济突破五十万元后，奖金总量大幅提升，极大地激发了全村学生，当年，全村共有二十七名学生考取二本以上学校。

据统计，从 2016 年至 2022 年，石板村考取二本以上的学生共有一百七十二名，发放的高考奖学金有十七万七千元，全村二十个村民小组，得到"状元之家"的有五个组。形成了家长重视教育、学生刻苦学习、各组开展竞争的良好氛围。

听到他介绍的这些，我忍不住说："好啊，你们村考起了这么多的大学生，这真是了不起的一件事，你这个村支书，能这么重视教育，很了不起。"

潘永贤先是不好意思地笑了起来，马上又收起笑脸，有些严肃地说："我记不清之前是在哪里看到过一段话，说每个学生都是一粒种子，我们只要给他们足够的阳光、雨水和土壤，他们就能长成参天大树。我觉得这话说得很对，也说得很好。"

从他的这些介绍中，我分明能感觉得出，石板村能发展为今天的局面，这和村里有一个积极、充满朝气、充满活力的领导班子是不无关系的。近年来，石板村紧紧围绕州农村基层治理的十五条治理措施，积极稳妥谋划组建"组管委""事管委""自管小组""乡贤会"等组织形式，同时因地制宜发展各项产业，紧紧围绕巩固拓展脱贫攻坚成果、有效接续乡村振兴这条主线。石板村全面贯彻落实《中国共产党农村基层组织工作条例》《中共贵州省委关于贯彻〈中国共产党农村基层组织工作条例〉实施办法》，按照"规划引领、创新驱动、因地制宜、突出重点、远近结合、综合发展"的原则，以农文旅产业融合发展为导向，规划形成"一区两园三基地"的产业发展格局。

其中，"一区"指的是将石板村特色田园乡村·乡村振兴集中示范点建设成为乡村游示范区；"两园"指两个示范体验园，即蓝传手工艺示范体验园和稻花养殖示范体验园；"三基地"即三个特色农业种植示范种植基地、爱国主义教育基地和板蓝根种植基地。

潘永贤向我介绍这些情况时，我们正好走到了一户村民的院外，院子里传来一阵密集而有节奏的"邦邦"捶打声，我停下了脚步。潘永贤看出了我的疑惑，他一边推开院门一边介绍说："妇女们正在捶青布，这就是水族独特的蓝传手工艺了。"

我和他走进院子，果然，在院子的一角，几位年龄不一的妇女正在水池边用木棒捶打着一匹长长的青布，见我们进来，这几位妇女都停下了手上动作，我向她们挥了挥手，示意她们继续。

潘永贤转过头向我介绍："她们现在捶打的青布，都是自家用棉花纺的线织的布，用的染料也都是我们村合作社种植的板蓝根根须熬制成的天然染料。这种染料叫蓝靛膏，对身体没有任何伤害，而且染好的色彩持久，洗后不掉色，这种工艺已经取得了专利技术。现在，纯手工捶打制作的青布已经成为我们村里一项产业了。"

我问他："现在村里有多少户在从事这项产业？"

潘永贤有些得意地说："那可就多了，只要在家不出去打工的，每家每户都会制作，甚至有些去外地打工的人，也会带上蓝靛膏，在外地制作。"

我问他："这种青布能卖到多少钱？"

他说："一匹布大约能卖到一千二百元到一千四百元不等。这也是得益于这几年以来，我们村大面积实施板蓝根种植项目。现在，我们村的合作社示范种植达二百亩，带动群众种植一千三百亩，种植初见规模。"

目前，石板村已成功与贵州省一家蓝靛膏加工企业、一家布艺工艺企业达成合作协议，形成板蓝根育苗、种植、青枝染料染膏制作、布艺加工等完整的产业链，为村民们解决了市场后顾之忧。

从村民家走出来之后，我们沿着村中的青石板路走，石板泛着青色的光泽。没有几百年光阴荏苒，石板绝不会有着这般的模样，它像一块块工艺品让人怜惜，生怕一脚踩踏，便破碎了我的想象。

走过了一长段青石板小道，我们走到了小水叶村民组。潘支书介绍说，这里以前是易地扶贫搬迁旧房拆除的宅基地，搬迁之后，通过复垦复绿，现在已发展成为庭院经济示范种植地块，不仅成了小菜园，形成了庭院经济，还美化了村寨环境。按照"树有果、架有瓜、地有菜"新庭院经济发展模式，这里套种有枇杷、圣女果、花椒等经济效益高的农作物，还种有日常生活所需的辣椒、西红柿、茄子等蔬菜，以及三角梅，不仅能产生一定的收入，而且满足了群众日常生活需要，为下一步打造农村旅游、农家乐、民宿打下了良好的基础。

这一路走来，我就在想，这样美得不可方物的庭院，什么时候我能拥有该多好呀！甚至，我脑海里出现了这样的情景，我就在这样的一座庭院里勤奋地写作或者在悠然地喝茶，甚至在喂鸡逗狗，并看见此时的我正从这里经过。那庭院中的我和路过的我，相视一笑，又分明地看到彼此的表情，好像在什么地方见过你？这样的情景似乎真实地存在过？

正当我以梦为马、天马行空地走神时，潘支书说话的声音把我拉下了马。他介绍说这里还是村里"一中心一张网十联户"的办公地点，这"一中心"指县乡村综合治理中心，"一张网"指城乡社区网格，"十联户"是按照"住户相邻、邻里守望"的原则，将相对集中居住的村（居）民按照十户左右标准划分联防联治服务单元。而之所以将办公地点选在这里，是因为这个村民组是这些年，农村自力更生、自我脱贫的一个缩影。在几年前，这一片都是典型的贫困户，在脱贫攻坚期间，得益于国家的好政策，村民们赚到了钱，都建起了新房子，生活水平提高了很多。可以说，小水叶组是群众自我解放、自我管理、自我发展的集中体现。

一边走一边说，迎面遇上了一棵参天大树。这棵树高达数十米，树冠像一把巨伞，树围粗大，要六七个成年人才能合抱。这是一棵至少有着三百多岁的枫香树，这种树在贵州的村村寨寨几乎都有，俗称风水树，一般生长在村头寨尾。不过，像眼前这样高大的枫香树确实少见。在贵州凡是被列入到古树保护名录中的树，都会在树身上挂牌，注明保护等级、树名、年龄及科属。不用看牌子，我当然认识枫香树了。我下意识抵近古树观察挂牌，只是对这棵树的尊重。不过，挂牌上面却写着"公平树"三个大字。刚才，在灼烈的太阳下步行了许久，正大汗淋漓，口干舌燥，也就没有心思立刻问寻，只是干脆一屁股坐在石头上不走了，树阴之外阳光实在太灼人。见我一坐，大家也都坐了下来。真是大树底下好乘凉呀！这时候微风徐徐掠过，让一直炽热着的心有了一丝丝凉意，令人非常愉悦。有了这样的愉悦，我才指着挂牌对潘支书说："明明是棵枫树，咋个改成'公平树'了？"

潘支书介绍说："这是我们村从老一辈传下来的一个习惯。别的村是开'院坝会'，我们村开的是'树下会'，只要村里有大事，或者出现问题、发生分歧的时候，就会让当事人来这棵树下面开会讨论。嗨，你还真别说，只要大家坐在这棵古树下面，就马上能心平气和了，开过会讨论过的事，最后的结果大家都认同。所以久而久之，我们就把这棵古树称为'公平树'。"

他又说："我们村还有一项'十发十不发'的分配机制值得

说一下。"他指着一幢三层砖房墙面,这一堵墙上贴着一大面黄底红字的文字。他说:"这就是我们石板村创新实施的村级集体经济收益分配'十发十不发'机制。"

我抬起头看过去,墙的左边从上到下,写着"十发"的内容,它们依次是:一、建档立卡贫困户符合条件的发;二、低保户符合条件的发;三、五保户符合条件的发;四、大病、慢性病患者符合条件的发;五、老人户符合条件的发;六、残疾户符合条件的发;七、积极支持配合工作的发;八、积极参加村寨环境卫生整治和其他公益事业活动的发;九、邻里和睦、孝敬老人、尊老爱幼、爱护儿童、助人为乐的发;十、主动致富脱贫的发。

在墙的右边,则从上到下写着"十不发"的内容,它们依次是:一、不支持、不配合工作的不发;二、不参加公益事业活动的不发;三、家庭环境卫生脏乱差的不发;四、不尊老爱幼,不赡养老人的不发;五、不履行教育义务的不发;六、有不良恶习的不发;七、有等靠要思想的不发;八、有不讲诚信的不发;九、有滥办酒席、铺张浪费的不发;十、有不按规划乱搭乱建的不发。

看完后,我转头对潘永贤说:"你们这个'十发十不发'的机制,很具体,也很详细啊。你们是怎么想到制定这一机制的?"

潘永贤说:"这个'十发十不发'的机制,其实也涵盖了村规民约的内容进去,在2019年初,为了确保村集体经济的分红不养懒人、不养闲人,杜绝一发了之、一分了之、一股了之的问题,当时的小水叶村民组率先创新推出了这个奖惩机制,但还没有这么详细,后来,经过驻村工作队和村支两委的研究并广泛征求全村村民的意见后,这才制定形成了现在这个'十发十不发'的机制。这个机制实施四年多来,得到了群众的好评,现在,我们村里再也不会因为分红而出现'争风吃醋'的问题了。"

这时候，树下又吹来一阵阵凉风，树冠之上茂盛的枝叶也哗哗喧闹起来。在这盛夏的凉风中，还夹着一丝异香，若有若无、似远似近，我使劲嗅了几下，潘支书看见后先是有些疑惑，接着他也使劲嗅了几下，然后笑了起来，一挥手说："大家跟我来。"我们只好恋恋不舍地离开了大枫香树，跟上他的脚步，沿着一条村小道前行。

不久，我们来到了一幢三层小民居前，站在这里，之前那一股异香更加浓烈了。我说："没错，就是这种香味。"

潘支书自豪地说："这香味，就是我们村的九阡酒的味道了。"

说话间，我们走进这栋三层小民居，他径直朝着一间偏房走去，房间里面放着各种用来酿酒装酒的陶瓷瓦罐和器具。他指着这些器具说："现在我们村里几乎是家家户户都会酿九阡酒，只是有酿多酿少的区别。这种酒又叫九仙酒，是一流的纯糯米香型酒。"

我略带一点调侃意味对他说："小潘支书，这'一流'可不是你嘴上说了一流，那就是一流了。"

他听了有些着急，赶紧辩说，"真的，我们这种酒，有四个百分之百。"说着，他扳起了指头介绍说，"第一是百分百的纯糯米原料，第二是百分百的天然泉水酿造，第三是百分百的无添加剂，第四是百分百的水族传统工艺。这种酒和高端酱香酒一样，只能在特定的土壤、空气和水质下进行酿制。这样酿造出来的九阡酒，闻着有异香，喝起来也才醇香味美。"听他这么说，我不禁来了兴趣。

据了解，九阡酒酿造技艺有文字记载的历史长达一千八百多年，其酒曲由一百二十余味中草药融合而成，这种酒还是贵州省非物质文化遗产。在1957年"五一"期间，时任三都水族自治县副县长的蒙世花赴京，在见到伟大领袖毛主席时，她用九阡酒代表少数民族向毛主席敬酒，毛主席品尝后连声称赞"好香、好甜、好酒"。

目前，九阡镇建有九阡酒有限责任公司、贵州九仙糯窖九阡酒有限公司、贵州月亮山酒业有限公司、贵州豪滩酒业有限公司、贵州水妹红酒业有限公司等五家企业，每年的总产值达到了五千多万元。

石板村有了"一区两园三基地"的产业布局之后，又结合村情实际，探索形成了"三园两地一品一特"和"庭院经济"这两种模式，促进村里的产业发展。这"三园"，其实就和省委提出的"四园"（即田园、花园、家园、故园），县委提出的"四园"（即菜园、果园、花园、家园）是一脉相承的。石板村的"三园"即每户至少要有三亩板蓝根即蓝靛小药园、三棵九阡李小果园、三分蔬菜小菜园。通过发展小药园，争取让每户年均增收一万元；发展小果园，让每户年均增收二千元；发展小菜园，让每户年均增收六百元。再说"两地"，它指的是，依托九阡白茶和九阡花椒两个基地，每年解决两千贫困人口的临时就业。同时，龙头企业带动贫困群众自发种植茶园二千亩以上。通过引导就业和发展产业，每户年均增收二万元。"一品"指的是每户贫困户至少发展一个品种的小养殖，比如稻花鱼、本地小黄牛、本地土鸡、中华蜂、食用菌等。通过发展小养殖产业，每户年均增收二千元。最后这"一特"指的就是每户均有九阡酒特色小作坊，每户库存平均至少一千斤酒。通过发展酒特色小作坊，每户年均增收五千元以上。最终通过这"三园两地一品一特"的产业布局，有效扩大农业产业化规模，带领群众增收致富。

我们就这样一边走一边看，时不时停下来交流探讨一下。当走到一条通村大道上时，我一下子有了耳目一新感觉。我的右手一方是一座座崭新的且具有民族特色的民居，左手一方是坚固的石头围墙。潘支书介绍说，"石头围墙内是老村寨，已整体搬迁了出来。"他指着右边的新民居说，"这是新村寨。"

听他这样一说，我有些纳闷，老村寨不好吗？这样近在咫尺的搬迁，我还是第一次见。有了这样的想法，我迈步朝石墙门走去。在我看来，搬迁点的新房，与各地的搬迁点房屋大同小异，而我更感兴趣的是老村寨。

据了解，石板村石板寨民组现有一百五十八户六百七十六人，全部姓潘，都是水族。这个月亮山腹地的村庄，和黔南布依族苗族自治州因贫困而远近闻名的"三山"（即麻山、瑶山、月亮山）地区的千百个村庄一样，千百年来都挣脱不了贫困的标签。在精准扶贫全面展开之后，月亮山中的村村寨寨沸腾了，经过六年如火如荼的脱贫攻坚战，在 2020 年 3 月 3 日，当全县脱贫攻坚通过验收的消息传来时，月亮山下的人民群众兴高采烈、奔走相告。三都水族自治县是贵州省十四个深度贫困县之一，能够如期出列深度贫困县，标志着全国唯一的水族自治县撕掉了千百年来绝对贫困的标签。2014 年石板村的贫困发生率是百分之二十五点三二，时至今日早已经清零，绝对贫困已成为历史。

走进了古石墙门，只见古树参天，遮天蔽日，曲径通幽。刚才见到过的大枫香树比较这老寨子里的大树，给人的感觉是小巫见大巫了。我抵近挂牌一看是红榉木，有七百年历史了，目测树主干，没有十人以上是不可能合抱的。

看着我惊讶的神色，潘支书有些得意地介绍说，这石墙内有三十七棵这样的大古树，有黄连木、鹅耳枥、金丝楠等等，小一点的古树就更多了。

由于这些大树太茂盛，太阳光根本下不了地，小道上青苔密布，一不小心准摔个四仰八叉。好在我是地质队员出身，否则定然走得东倒西歪，要手脚并用才能爬过这段入村小道。当然了，我不是爬过去，而是走过去。这条上上下下曲曲弯弯的小路，像是镶嵌在天然的青石头上面一样，而石头上坑坑洼洼的牛脚印马脚印像一条项链串起了岁月的痕迹，规律而执著地前行在道路上。这不禁令人唏嘘不已。如果说，牛脚印马脚印是在泥土上，这样的情景在乡村道路上随处可见，但是，这脚印深深地留在了坚硬的青石上，而又清晰可见，这需多少岁月才能做到呀！面对这样的路，你不得不心生敬意。

这样的敬意仍然会持续延伸，因为，你走进了石板村，你才知道这里为什么叫石板村。村寨里处处都是石板房，房墙是厚青石板砌成，房顶是薄青石板铺盖。这令人心存敬意。一般来说，在大山深处建房筑寨，多为就地取材，因此很多村寨古树不多，残留在村头或寨尾的几棵古树，也是为了怕影响风水而得以保存。石板村人从古至今就有着敬山敬水敬树的传统，保住了青山绿水，这正是人间正道呀！正是这样，才使得这么多的珍贵古树得以保存下来。

如今，石板村老寨早已人去楼空。眼前的老寨子幽静得令人发怵，一幢幢石头垒起的房屋掩映在丛林里，显得肃然而神秘，宛如世外桃源。这样的地方，适合搞乡村旅游，整体搬迁出去，也正是这样来规划的。由于2020年初疫情突发，这个项目就暂时停止实施，现在正准备恢复规划，稳步推进。

从老寨东墙门出来，一块竖立在路旁的木牌非常醒目，木牌上有照片和注解说明。仔细一看不得了："一九五七年五月一日，毛泽东主席亲切接见贵州省民族参观团成员，石板村的媳妇、时任三都县副县长的蒙世花,充分体现了党中央对民族地区工作的高度重视和对各族人民的关心厚爱。""二〇二一年八月三十一日,在北京人民大会堂参加全国第六届少数民族文艺汇演开幕式活动时,来自三都县石板村的村支书潘永贤作为民族优秀基层代表(水族代表),受到了习近平总书记的亲切接见。"

与我同行的黔南州文联主席、作家韦昌国指着照片上穿着水族马尾绣盛装的两个人说,"这就是蒙世花、潘支书。"

我伸出大拇指说:"一个水族小村寨的两代人,受到两位伟大领袖的接见。光荣呀!"

潘支书腼腆地笑了起来,从他笑容中,我分明感觉到了他的自豪感和幸福感!

在场的人似乎都受到了潘支书的感染,不约而同大家的脸上都充满了笑意!

在这样美好的心情里,我们迈着轻盈的步伐向前走,走了十余米,迎头遇上了两棵高耸入云的参天大树,一棵是黄连木,另一棵是金丝楠木。我不禁抬起头仰望,只见两棵大树的枝干交错于天上,树冠像两把巨伞,真是遮天蔽日。从巨伞之下向上看去,只见青绿,根本看不到晴空的颜色。正当我想象着树冠之上的太阳之光、天空之蓝时,一个声音让我的目光回到了地上。

潘支书指眼前一口古朴的水井说:"这口水井叫'燕归巢'。"

对于水井,以我曾经是一名地质队员的经历,可谓是再熟悉不过了,在无数的翻山越岭、走村过寨的日子里,找到水井并痛饮之,是一名地质队员最为酣畅淋漓的高光时刻。我曾在数不清的干渴中,体会到了什么叫喉咙冒烟,什么叫唇干口裂。有了这样的体验,我从根本上排斥望梅止渴之说。当一个人在盛夏近四十度的阳光下,爬上了一座又一座山,而你背负的水壶又早已空空荡荡，这个时候，如果有人还能给你讲望梅止渴的故事，你一定有打他几耳光的冲动。一是这人的水壶里还有水，二是壶里虽没有了水他却刚喝了水。无论是一还是二，你想打他耳光的心思真是没毛病。当然，打得了打不了，这时候不打紧，打紧的是，能遇见一口水井，能打满水壶，充满干瘪的胃，那才是痛快之源。于我而言，说水井是我人生中的心爱之物，一点没有矫情的意味。

我见过无数无名的有名的井，可眼前的水井叫"燕归巢"，一下子让我来了兴趣。我不由仔细观察起来，两棵大树粗壮的根脉，也是交替地盘旋在岩石缝隙，扎进了水井周围的土壤里，水井不大，有水却不是很清澈。可能是这一段时间天气炎热干旱，才不见清泉涌出。说实话，这是我见过的水井中最为普遍的一个，仅目测也能判断，此时水井中的水不适合人类饮用。水井名倒是很浪漫。

作家韦昌国见我疑惑，就给我讲了一个故事，他介绍说："三百年前，由于土地贫瘠已无法养活日益增长的人口，潘氏家族通过反复商议，痛苦地作出决定：老大留守石板寨，老二、老三带着部分族人到广西、福建另谋生路。可以说，这是潘氏家族数百年前自发的'易地脱贫搬迁'。临行前，为了自己和子孙们能找回老家，他们在石板上刻下两只燕子的图案，代表着远走他乡的两兄弟，并在夜晚悄悄埋进了井底。'燕归巢'是一种刻骨铭心的乡愁，更是石板寨几百年来无法摆脱贫困的悲壮印记。水井上悬空横着一根长约二米、宽四十厘米的石槽，中部凿了一个碗大的口，大部分泉水从这个口流下井里，水花打在石板上，把'燕归巢'很好地掩护了起来，只有知情的回乡追根问祖者，把石槽的水堵住，翻开石板才能看见这个图案。"

潘支书引导我来到了几棵大树下。一棵大树处于寨东门口左侧，有一段石墙高约两米，石墙下横七竖八的青石板，就是人们可以坐下来乘凉或者聚会的地方，有点像刚才到过的小水叶村民组那棵"公平树"下的场所。

坐下来环视四周，我立刻被眼前一大片青翠的稻田所吸引。稻梗上有几只白鹤走来走去，还有几只在蓝天下飞翔；数不清的、大大小小的、颜色各异的蜻蜓时而当空飞舞，时而低空点水，一派生机盎然的景象。

心情非常愉悦，有了这样的愉悦，我就有心情点燃一支烟，慢慢品尝烟草的味道。我深吸一口，又吐出来，经过这个快乐的过程后，这才想起是不是也该开个院坝会，与村民们座谈一下。有了这样的想法，我就告诉了潘支书。潘支书有点为难，说："村民现在都在干活，不好找。"我说："找到几人算几人嘛！"他说好，就叫人找人去了。

背靠在石墙上，感觉有点硌人。我挪开身体，只见密密麻麻的文字刻在石头上，细看却不认识。我猜想这是久仰了的"水书"吧！

水书是水族的文字，主要用来记载水族的天文、地理、宗教、民俗、伦理、哲学等文化信息。水书在水族群众的社会生活中，还依然起着很重要的作用，如婚丧嫁娶仍然照水书记载的"水历"推算决定。

2006年，水书被列为国家级非物质文化遗产。2022年，联合国教科文组织世界记忆项目亚太地区委员会第九次全体会议上，由国家档案局推荐申报的《中国贵州省水书文献》文献遗产成功入选《世界记忆亚太地区名录》。

传说中"水文字"是由一个叫陆铎公的人创造的。当地的水族和布依族人都用水语和布依语吟唱一首古老的民谣，翻译成汉语为:"有个老人叫陆铎,四季居住山洞中。青石板上造文字,造得文字测吉凶。所有良辰全送人,等到自己造房时,书上已无好日子,无奈只好住洞中。"

水语称水书为"泐睢"。唐代设置抚水州,自称为"睢",从此以"水"代"睢"。2002年3月,水书被纳入首批"中国档案文献遗产名录"。2006年5月20日,经国务院批准,水书列入第一批国家级非物质文化遗产名录。

据介绍,水书所记载的大多是原始崇拜方面的东西,如日期、方位、吉凶兆象及驱鬼避邪,为巫师施行法事的工具。只是因为水族笃信鬼神,故水书用途很广。水书这种特有的功能,促进了水族鬼神崇拜的世代沿袭。在水族聚居地区,能看懂读通和会使用水书的水族人均为男性,是为"鬼师",他们在水族民间的地位很高,被人们所崇拜。水书就是鬼师祖传的极为珍贵的宝物,只传男不传女,一般不会轻易传给外人。水书就是靠一代又一代的鬼师通过口传、手抄的形式流传了几千年。水族鬼神崇拜的一切活动,不论是判定事情的吉凶,认定鬼魅作祟,还是驱鬼送鬼、禳灾祈福的巫术仪式,均由鬼师从水书中查找依据。因此,在水族鬼神崇拜的一切活动中,必须通过鬼师使用的水书作为载体才能发挥。鬼师与水书的结合,是维系水族原始宗教信仰——鬼神世界的纽带,是巫文化传承的现象。

"院坝会"最大的好处就是不必落俗套,大家不分先后,你一句我一句拉家常、侃大山。关于水书的历史渊源,就是在这样轻松交流中获取的。当然,我也了解到了他们在当下的乡村振兴中的获得感与幸福感。潘进湖现为九阡镇的人大主任,除去正常工资外,他的家中还有十一亩田土,全部用于种植白茶,年产值不低于三十万元。潘绍坤是村里的种植大户,致富领头人,原为石板村上水叠村民组小组长,几年前他承包了两百余亩土地专门种植白茶,每年的产茶量至少在五百公斤左右;另外,他还带动了十多户脱贫监测户,每年每户至少可分红六万元。潘忠敏是村里原来的十五户贫困户之一,在甄别贫困户工作还未结束时,本来她家还可以享受贫困户的待遇,却主动找到村委会要求不再列为贫困户。她除了种植板蓝根外,这几年跟着种植白茶,从最初的家庭年人均收入不足一万元,增至今天的一万七千二百元。

我见潘忠敏穿着马尾绣服饰,问她:"这是您自己绣的吗?"

她说:"是的,水家女人都会绣。"

见我对马尾绣有兴趣,大家七嘴八舌地介绍起马尾绣来。

据介绍:水族马尾绣,是流传于贵州省三都水族自治县的传统工艺美术,国家级非物质文化遗产之一。水族马尾绣是水族妇女世代传承的、古老而又具有民族特色的工艺。马尾绣的制作过程繁琐复杂,成品古色古香,华美精致,结实耐用。水族马尾绣在三都自治县传承上千年,有刺绣"活化石"美誉。2006年5月,贵州省三都水族自治县申报的水族马尾绣经中华人民共和国国务院批准列入第一批国家级非物质文化遗产名录。

这是一门传承了上千年的技艺,是水族先民智慧的结晶。随着时代变迁,马尾绣艺术也在变化。两条背带主色调发生了变化,中华人民共和国成立前的背带色调主黄色,与封建社会以黄色为高贵相关联;中华人民共和国成立后的背带色调主红色,与今天人们以红色为吉利的观念相同。

马尾绣因针法古朴而被喻为"刺绣中的活化石"。水族地区过去多以村寨中技艺高超的老年妇女传授马尾绣刺绣工艺,世代相传。马尾绣技艺繁琐、复杂,绣品具有浅浮雕感;图案造型抽象、夸张,又不失古朴、典雅,并具有固定的框架和模式。水族马尾绣作品题材主要涉及人们的服饰及各类生活用品中的主体装饰，包括女性围腰的胸前绣片（也称为胸牌）、绣花鞋、绣花背包、童帽、背带、枕头和被面等，其主要作品有马尾绣的"歹结"背带、马尾绣背孩带和马尾绣绣花鞋等。

"歹结"背带是水族地区公认的极品背带之一，往往要经过52道工序才能完成，水族人也常常把是否拥有马尾绣背带看作是否体面和富有的标志。马尾绣背带主要包括三部分，上半部为主体图案，由二十多块大小不同的马尾绣片组成，周围边框在彩色缎料底子上用大红或墨绿色丝线平绣出几何图案，而在上部两侧为马尾绣背带手，下半部为背带尾，有精美的马尾绣图案与主体部位相呼应。"歹结"由此成为通体绣花的完整艺术品。制作这样一件"歹结"要花一年左右的时间。水族中老年妇女制作"歹结"尾花，一般不用剪纸底样，而是直接在红色或蓝色缎料上用预制好的马尾绣线盘刺绣，综合运用结绣、平针、乱针，灵活自如，图案美观耐看。

背孩带，实际上是一块刺绣华丽的"T"形"帘子"，上端两边有带，"帘子"的大小可包住幼儿。它的突出特点就是不用剪纸图案做底样，只凭经验完成。首先将两三根马尾合股，用白色的比马尾毛还细的丝线，即把丝线剖拆成丝来用，缠裹成"马尾线"，然后刺绣者凭着自己的想象，用彩色"马尾线"在背孩带上镶拼成各种几何图案和花草鸟雀图案骨架，图案主要是极富弹力的牛角花、水车纹、花椒纹、回纹、斜纹、方格纹、鱼骨纹，再用针穿上白线将图案固定。最后用结线绣和螺线绣将图案骨架填满，谓之"补花"，再缀上闪亮发光的"金线"，于是便构成一幅结构完整、形象生动、色彩鲜明、缜密精致、豪华富贵的美丽画面。黑、红、黄、白几色对比，形成层次分明的视觉效果。

背孩带不仅美观大方，而且结实耐用，是母亲给女儿准备的最好嫁妆。一件马尾绣衣服往往要耗费一个妇女数年的时间。而"马尾绣"绣花鞋是一种翘尖布鞋，鞋尖呈尖形往上翻翘。制作方法是在鞋帮上先用彩色丝线刺绣成底色图案，然后再采用马尾绣的方法，用丝线缠马尾，卷曲成各种几何形图案拼镶在鞋帮上，然后边缘镶补。其工艺十分复杂，但刺绣出的图案立体性强，精美别致，堪称精美的工艺品，所以水族妇女也多在庄重场合或走亲戚时才穿，配上蓝布上衣、百褶裙和银胸饰，显得十分典雅华贵。

我说："好呀！绣出了你们的幸福生活！"

潘支书说："不久，如果我们村老寨子的旅游搞起来了，我们古老的马尾绣一定会大放光彩。"

我说："没有如果。你们村有这么独特的、优质的资源禀赋，乡村旅游搞不起来太可惜了。"

潘支书见我说到乡村旅游，一脸的无奈。他说："当初我回乡的梦想已经成为了现实。从精准扶贫、脱贫攻坚战到今天，我们村退出了千百年的贫困，目前已达到了近二万元的人均收入。我现在还有一个梦想，就是在乡村振兴中，我们村的群众收入稳中向好，再上一个新台阶。"

我拍了拍他的肩膀说："乡村五个振兴中，产业方面你们有了，人才方面你们也不缺，在文化方面你们村有着深厚的底蕴，在生态方面你们得天独厚，这组织方面还得靠潘支书你呀！"

潘支书点点头说："闲置的老寨子就是闲置的资产，只有盘活它，才有出路。我们的老寨子早在2017年就被国家民委授予'中国少数民族特色村寨'称号，今年初以来，已经有外地的艺术培训机构、文化企业、婚纱影楼等先后来洽谈合作事宜。下一步要做的，就是以资源入股，或者村集体投入部分资金，共同开发利用古寨。"

我说:"好呀!祝你再次梦想成真。"

挥手告别的时候,已是下午四点。我还要前往荔波县的瑶山村。从潘支书挥动的手势和目光中,我看到了一个基层党组织的带头人所具有的坚毅和自信。他所带领的石板村人积极响应党中央乡村振兴战略号召,党员率先示范,群众积极参与,共筑美丽乡村,共商邻里和睦,共管院落整洁,共享美好生活。一幅产业兴旺、生态宜居、乡风文明、治理有效、生活富裕的美丽新农村画卷,正在石板村徐徐展开来。

石板村人有梦、追梦、梦想成真的过程,其实也是祖国千千万万个村村寨寨奋斗历程的缩影,这无疑是对实现伟大的中国梦最为准确的诠释,也是构筑中国式现代化伟大进程中贵州实践的精彩篇章。

瑶山之遥

瑶山瑶族乡位于荔波县西南部,与广西壮族自治区南丹县里湖乡、环江县川山镇交界,距离县城二十五公里,曾是贵州极贫的麻山、月亮山、瑶山"三山"地区之一,乡境内民族文化、旅游资源丰富,自然人文风景有5A级大小七孔景区、4A级瑶山古寨景区、3A级梦柳小镇,以及待开发的捞村大峡谷和拉片一二组、懂蒙古寨两个传统村落;红色文化有洞塘黔桂边区革命委员会旧址,民族风情有布依族、瑶族独特的历史和民俗文化,特别是名列非物质文化遗产的国家级瑶族的服饰、国家级猴鼓舞和省级民间陀螺竞技、州级粘膏染等。全乡辖六个行政村八十三个村民小组二千二百六十三户、九千零三十人。2014年识别在册建档立卡贫困户一千二百七十户、四千二百五十二人，贫困发生率百分之四十四点四三，在2020年底所有贫困人口脱贫，所有贫困村脱贫出列，并荣获"全国脱贫攻坚先进集体"荣誉称号。

荔波县是贵州省黔南布依族苗族自治州最偏僻的一个县，瑶山瑶族乡是荔波县最边远的一个乡，而瑶山村是瑶山瑶族乡最遥远的一个村。这样的遥远，让外地人遥不可及，很难走进来；让当地群众困在深山，很难走出去。

来到瑶山村之前，听到一个传说，说是一个记者历经千辛万苦，终于来到了瑶山村拉片古寨，一看惊愕了，什么古寨呀！完全不同于他以往对古寨的认知。眼前的古寨要么是茅草屋，要么是依山而住的洞穴人家。找人交流吧，语言不通；打手势吧，人家只是摇头。总之，你想干吗？人家不明白。好不容易找到一个能讲上一两句话的人，却一问三不知，只是从摇头多了一个点头。完了，记者不甘心，对陪同他来的向导说："你来翻译一下。"向导说："翻译不了，你讲的东西太远，对不上。"说完指着与记者对话的人说："他没出去过，不知山外的事。他能说几句汉话是我教的。"记者无奈，本来是想采访，结果嘴巴不能用，只能眼睛看。

看着看着记者哭了，向导笑了。

记者很愤怒地质问向导："你笑什么？"向导一脸不解地说："你哭什么？"

原来记者和向导也不在一个频道上。人家向导就是一个常来收山货的人，在他眼里，这里的人过得好好的，你这是干吗呢？不懂。哭啥呢？事后，两人的交流也很有意思，向导说："你是个好人，有好心，这我知道。你真要是有好心，还不如买点山货实在，出价比我高，这比说什么都好，他们肯定高兴呀！"

听向导这么一说，记者彻底服了，这是山货和钱的问题吗？算了！根本上是鸡给鸭说，不通。据说，那是1978年一个春暖花开的日子，正是百花开遍山乡的季节。再据说，那天是一派阳光明媚，一片绿水青山，伴随着空气清新、沁人心脾、温暖人心哪！可是乍暖还寒呀！这暖是大自然带来的，入身；这寒是人感受到的，入心。

此后，有一个记者奋笔疾书，最终成就了这一片新天地，这是后话。是不是同一个记者？没有据说，也没有考证！

四十三年后，时值2021年4月21日，经荔波县人民政府批复同意，由原来的拉片村、菇类村两个深度贫困村合并成为瑶山村，是白裤瑶聚居的民族村寨，是省、州、县、乡脱贫攻坚的主战场。全村国土面积四十六点七二平方公里，其中耕地面积三千三百二十七点六亩，其中水田五百六十二点三五亩，坡地二千七百六十五点二五亩，人均实际耕地一点零四亩，人均基本农田零点八亩；草地四千五百八十六点七亩，林地五万八千零四十九点七亩，森林覆盖率达到了百分之八十二点八二。全村辖二十二个村民小组共四百九十一户二千一百二十七人，其中农业人口二千零二十九人，共有劳动力一千二百零五人。全村有建档立卡贫困户三百四十五户一千五百零五人。从以上数据测算，瑶山村贫困发生率达到了惊人的百分之六十八点五，远远高于瑶山乡百分之四十四点四三的贫困发生率，而同年的全省平均贫困发生率为百分之九点一，就已经成为了全国脱贫攻坚的主战场。可见瑶山村的脱贫之难，难度之大。

众所周知，截至2021年底，贵州省九百二十三万贫困人口脱贫，一百九十二万贫困人口搬出大山，约占全国脱贫人口的十分之一。当然，这里面就包含了瑶山村的脱贫出列。从精准扶贫全面开展以来，在中央及各级党委政府的重点帮扶下，瑶族同胞已逐渐摆脱绝对贫困，在2019年实现深度贫困村脱贫出列，顺利通过了国家第三方评估验收，于2020年底实现贫困人口清零，消除了绝对贫困。

四十五年后，我走了进瑶山村，这是2023年的5月，也是一个春暖花开的日子，也正是百花开遍山乡的季节。这天也是一派阳光明媚、一片绿水青山，伴随着空气清新、沁人心脾、温暖人心哪！可是乍暖还寒呀！这暖是人感受到的，入心；这寒，是大自然带来的，入身。

据介绍，四十五年前，这里还没有通公路，群众要去县城的话，俗称"两头黑"。这其实就是说，黎明前你就得走，到晚霞已消失了，你才可能到达县城。凡是有过起早贪黑赶路经历的人，都体验过这样的情景——黎明前的夜最黑，晚霞消失后的天空最暗。当然，黎明前的黑并不太长，天当然会亮，太阳当然要升起来，晚霞消失后的暗更短，只一会儿，月亮也会升起来，星空也会灿烂。

现在这里早已通了公路，从县城到瑶山村的三十公里的路程，只需二十分钟左右的时间。这一路走来，让我充分感受到了什么叫天堑变通途！遇水修桥、过山穿洞，缩短了多少距离，以我曾是一名地质队员的丰富的爬山涉水的经验来看，这公路里程与山道里程，至少是一比二，才基本相等。换句话说，当年，从这里到县城的山道超过六十公里，一百二十华里，步行非"两头黑"不可。

我进村后，当然看见了当年那位记者所看到过的古寨，不同的是，茅草屋、洞穴居已成了文物保护起来了，并成了4A级瑶山古寨景区。站在一块凸起的大石头上，能目及整个古寨，环视良久，我不由心潮澎湃，热血沸腾。这样翻天覆地的变化，就真真实实地呈现在眼前，不禁令人产生赋诗一首的冲动。

离核心景区约五百米的大山脚下，有一片别墅一样的新楼群，起初我以为是景区的配套工程，是民宿酒店，结果不是，那是移民搬迁点，省、州、县投资六千多万元在瑶山拉片实施第四期扶贫生态移民工程，打造瑶山"千户瑶寨"，如今已形成规模。眼前的正是拉片生态移民新村，有二百二十三栋房屋，从拉朝、林场、岜么、英盘一二三组共六个村民小组实现整组移民搬迁，达三百八十一户，一千五百七十九人。通过移民搬迁，使那些一方水土养不起一方人之地的贫困群众，彻底拔掉了"穷根"，得到了实惠，有了盼头。

走进村史馆，我看到了一位记者来这里的记载，是不是同一位记者，无法佐证，也无需考证了。眼前的这位记者有名有姓，悬挂的位置非常显眼，一份内参复印件和几张老照片也非常醒目。

1980年新华社记者杨锡玲女士来到瑶山采访，回去后写了一篇题为《瑶山至今仍过着贫困落后的生活——贵州瑶山见闻》的内参通讯文章，自此，瑶山因贫穷而闻名全国。此文章引起党中央高度重视，时任中共中央总书记的胡耀邦同志立即作出批示："要派大员用心去研究切实帮助那里的人民在二三年内翻过身来。"从此，拉开了瑶山扶贫工作的序幕。看着胡耀邦同志那苍劲有力的墨迹，一股暖流涌进了我的胸膛，并在胸膛中沸腾，其沸点甚至涌上了眉头，不由让我泪眼蒙眬。

据介绍，2020年又一位新华社记者来到瑶山采访，在新华网发布的《"七迁"出深山——贵州瑶乡之变浓缩极贫地区脱贫攻坚奋斗史》受到了各级党委、政府以及媒体的关注。从珍贵的"黑白照"，到现在的"彩色照"，从茅草房到电梯房、小洋房，再到百姓就业、就医、就学等全方位的改善,瑶山搬迁切实增强了群众获得感、幸福感、安全感。跨越时空的"七迁",不仅是白裤瑶人与贫困战斗的历史,更是共产党领导下中国少数民族极贫地区脱贫攻坚的卓绝成就。

看了这篇报道,我惊讶不已。一个村庄搬迁了七次之多,这可能是在我认知里人类村寨居住地中绝无仅有的。

在过去,当人们提起瑶山,它就是贫困落后的代名词。因为居住在深山,这里的群众过着刀耕火种、洞宿穴居的生活,有的群众甚至游山寻猎居无定所。中华人民共和国成立后,在当地党委、政府的帮助下,他们才由原始社会生活方式转到学习农耕、搭建房屋,逐步在喀斯特群山之中定居,但因地处偏僻的山区,土地贫瘠,耕作方式简单,粮食产量很低。到20世纪70年代末,一个三角铁架、两个土瓦罐、三个粗陶碗成为了一个家庭的主要餐饮用具,人多碗不够就轮流吃;几根木棍几块木板支撑起摇摇欲坠的茅草屋,夏天遮不住大雨,冬天挡不住寒风;两床破棉被,几件旧衣裤就是许多瑶族家庭的全部家当。吃了上顿没下顿,只好苦等发救济粮才能度过青黄不接的日子。

1953年,中华人民共和国成立后第一次人口普查,在瑶山深处发现了一群过着衣不蔽体,居无定所的游猎人口,一共有四十多户人家。这些人家,有些与洞穴为伴,有些在树上搭个窝棚、茅棚,以此来蔽风挡雨、过冬御寒。他们散落在万峰成林的瑶山深处,过着原始的狩猎生活。那时候,瑶山可是豺狼虎豹众多,丛林密布。除了头人带着几个青壮年下山与收毛皮的商人以物换物外,生活在这一带的人们,几乎与世隔绝。即便是胆子不小的收毛皮之人也不敢贸然进山,进山就可能出不了山。如不辨东西迷路了、掉进猎人陷阱了、与豺狼虎豹不期而遇了、让毒蛇毒虫咬脚了，无论哪一样，都是进山人的噩梦。

可想而知，瑶山村拉片之遥已经令人有遥不可及之感，何况那些更加遥远的洞穴、树居人家。那时候中华人民共和国都成立了，怎么能让人民群众还过着如此险恶的生活？于是就开始了第一次搬迁，把四十户人家从大山深处的洞穴、树居中迁了出来，在瑶山拉片村给他们分田搭屋，至此，这一群瑶山白裤瑶同胞结束了游猎生活，从原始生活形态直接跨入现代文明社会生活形态。1996年瑶山人第二次搬迁，有三十户村民搬到玉屏街道水甫村；1998年七十户村民从瑶山搬到土地较为丰富的水尧乡水瑶新村。这两次跨乡搬迁，实现了"搬下去，有房住，分土地"，彻底解决了温饱问题。

此后，在各级党委、政府的关心下，在瑶山先后实施开发式扶贫和两次生态移民工程，第四批三十户、第五批一百五十户、第六批三百一十五户，从深山迁入拉片村移民新村，住进了两层楼房。

进入精准扶贫期后，为了彻底改变贫困村民的生存环境，斩断"穷根"，2017年至2019年，瑶山迎来史上力度最大的搬迁，安排居住在深山里的最后二百四十六户、一千零四百五十名瑶族同胞搬迁到县城和梦柳移民新村。

经历了七次搬迁，瑶山旧貌换新颜，彻底解决了绝对贫困，瑶族群众享受到了中国式现代化贵州实践的伟大成果。如今，瑶山瑶族乡、瑶山村早已退出了贫困乡、贫困村，实现了瑶山深处的华丽的"蝶变"，这一变，可谓千年之变，这一变，彻底撕掉了瑶山绝对贫困的标签。

七次搬迁是瑶山千年之变的基础，而如何在乡村振兴中带领瑶族同胞"搬得出，稳得住，还要致富"这一时代新课上，荔波县党委、政府，瑶山乡党委、政府也一直在不断探索、不断实践。在村史馆我看了一份资料，标题是《以"五变"模式打造发展新格局》。

据介绍，瑶山人充分挖掘利用白裤瑶至今仍然保存完整的建筑文化禾仓、服饰文化瑶服、猴鼓舞、陀螺等浓郁的地域传统文化资源。特别是在县委、县政府提出全域旅游发展战略后，瑶山以文化为魂，把文化资源优势转变为旅游资源和经济优势，通过"旅游+民族文化"，以"五变"为抓手，深化旅游扶贫多样化发展，打造出了美丽乡村新格局。

一是把村落变景区。依托瑶山古寨、懂蒙民族村寨等传统村落，以民族文化为重点，通过开展美丽乡村建设和实施古村落保护项目，对传统村落风貌进行修复和提升，完善旅游服务配套设施，将传统村落改造升级为旅游景区，成功打造了梦柳搬迁点3A级景区、瑶山古寨4A级景区、懂蒙民族村寨等景区景点，为加快全域旅游发展，深化旅游扶贫打下了坚实基础。

二是把技艺变技能。通过开展猴鼓舞、陀螺、瑶绣、粘膏染、瑶陶等非遗文化培训，强化瑶族群众非遗文化传承，同时通过创建扶贫车间、陀螺协会、服饰协会等平台，畅通民族手工艺品产销对接，使群众技艺变技能，扩宽群众就业渠道，促进群众增收致富。目前通过"协会加群众"模式，已建成瑶绣、陀螺、陶艺等扶贫车间二十四间，直接解决群众就业一百三十八人，带动周边二百七十五户、三百六十余名群众从事瑶绣、纺纱、手工艺品加工制作等旅游产业，文化扶贫成为瑶山脱贫攻坚的一张靓丽名片。

三是把民房变客房。通过"公司+农户""能人+农户"模式，将农户老旧楼房改造为民宿客栈，带动群众发展乡村旅游，让更多群众在家门口就搭上"旅游车",吃上"旅游饭"。目前通过流转将拉片村二十余栋农户老旧楼改造成民俗客栈,带动十二户二十九人发展乡村旅游增收致富;梦柳一百二十余户群众通过房屋出租、联合经营等方式参与发展民宿客栈等旅游服务,每年实现收入八万元至五十万元不等,创造了致富的"奇迹"。

四是把群众变演员。依托瑶山独特的瑶族文化和旅游景区开发,通过招商引资打造瑶族文化写生基地,吸引各高校艺术师生及绘画爱好者到瑶山采风写生,使瑶山风景变画景,群众变演员,成为艺术爱好者的采风写生创作基地和民族风情展演园,带动旅游产业发展,促进群众增收致富。2018年以来,瑶族写生部落共与一百六十八所高校达成合作协议,累计二万余名师生到拉片景区写生,直接解决群众就近稳定就业十八人,聘用瑶族群众担任模特三百余人次,人均增收三千余元。通过"协会+景区+群众"模式,组建了八十多人的三支瑶族表演队,分别在瑶山古寨景区、小七孔景区、梦柳布依风情小镇演出,三十二名群众在瑶山古寨景区从事农家场景工作。

五是把产品变商品。通过"景区+农户""扶贫车间+农户""能人+农户"等模式,积极推动旅游商品订单,引导和激励群众从事农特产品种养殖和民族特色手工艺品、创意手工艺品开发,推动农家产品变商品,进一步丰富旅游景区业态,带动群众增收致富。目前通过景区、扶贫车间、写生部落四百五十余户六百多名群众发展农特产品种养殖及手工艺品加工、销售,搭上了"旅游车",吃上了"旅游饭",发起了"旅游财"。

在巩固脱贫成果方面,瑶山村认真按照巩固脱贫攻坚"回头看"大排查,以及监测帮扶问题整改工作要求,聚焦群众"一达标、两不愁、三保障",即建档立卡贫困户家庭年人均可支配收入，稳定超过当年全国扶贫标准，不愁吃、不愁穿，义务教育、基本医疗、住房安全有保障。查短板补弱项，脱贫攻坚成果得到进一步巩固。

2021年3月以来，组织驻村第一书记、攻坚队长、驻村干部、网格管理员等，对照问题举一反三开展巩固脱贫攻坚成果推进乡村振兴全面排查，做到全面覆盖，零死角。为了做好群众后期脱贫巩固工作，驻村工作队、村支两委通过开发公益性岗位、推荐就业岗位、引导外出务工等方式，千方百计解决贫困群众就业和务工。村里2021年公益岗位有二百四十五人，其中护林员一百九十一人，年工资一万元，扶贫援助岗五十四人，年工资四千八百元。2021年外出和本地务工的本村村民有一千零五十人，其中省外务工二百七十六人，省内县外务工九人，县内乡外五十六人，乡内务工七百零九人。通过积极开发岗位，引导群众外出务工，在家发展生产等，使群众能够达到增收就业。

在发展乡村产业方面，瑶山村依托独特的白裤瑶民族文化资源优势，以民族文化旅游产业为主导，多种产业相结合，不断发展壮大村级产业，夯实群众脱贫及乡村振兴基础。通过"七迁五变"走出了一条具有民族特色的文化旅游扶贫之路，各项工作得到有力推动，村集体经济迅猛发展。

2020年，村里利用民族文化资源入股瑶山古寨景区，享受景区门票收入百分之二十分红，扶贫资金入股景区民宿建设、有组织劳务输出、旅游扶贫摊位出租、瑶山鸡养殖及加工、腊肉加工、参与写生部落经营等，村集体经济收入达一百九十三万元。

同时，村里还通过组建陀螺协会、斗鸟协会、瑶绣协会等参与景区经营，协会每年收入八十余万元，带动周边群众就业二百余人，发展枇杷、板栗、血橙、油茶等特色经果林种植六百余亩，帮助和引导群众就业创业增收致富，为巩固脱贫攻坚成果助推乡村振兴奠定了坚实的基础。

在加强乡村治理方面，瑶山村广泛开展农村道德模范、五好家庭、最美脱贫攻坚队员等评选活动，用先进典型事例提升群众思想素质。持续创新"察民情、解民忧、聚民心"机制，深化"伙计干部"内涵和外延，以"守初心、心连心"为主线，将"三同三连"活动（即同吃连心饭、同谈连心事、同干连心活）作为巩固脱贫攻坚成果同乡村振兴有效衔接的重要抓手，组织党员干部深入一线与群众交朋友，融入群众吃农家饭、唠农家话、干农家活，以党群干群的互动参与换取广大群众的认同感和获得感，架起党和政府密切联系服务群众的"连心桥"。

近年来，支部党员同志充分发挥先锋模范作用，带头开展并完成拉片移民新村、拉懂吉瑶寨和懂保组的庭院环境整治工作，人居环境焕然一新。同时涌现出一批创业带富先进党员，如党员谢家友在2019年6月组织了七户移民荔波兴旺社区的瑶族移民户抱团发展，成立荔波县移民伙计种养殖专业合作社，自任法人代表，承包玉屏街道拉岜村果园发展水果种植和林下养殖，解决了十五名移民群众就近就业，参加合作社的七户村民在果园劳务收入每户年增收一万五千元。党员谢高华、谢伟高领办扶贫车间，发展瑶绣等民族服饰和手工艺产品，解决群众就业五十余人，带动周边一百五十余名群众从事瑶绣产业促进增收。

在建强基层组织方面，瑶山村用活了"三人"。

一是精挑"当家人"。以党建为引领，精挑"当家人"，通过组织推荐、个人自荐和群众举荐，经法定程序把一批"懂产业、会经营、善管理"的能人选入村两委和股份经济合作社作为"当家人"，着力提升"村两委"和股份经济合作社的业务能力水平。

目前拉片村党支部和股份经济合作社经理均为组织选派的产业发展以及项目工作经验丰富的优秀青年干部。

二是配强"驻村人"。结合拉片村民族文化资源丰富,从发展乡村旅游作为支柱产业的实际情况出发,从省、州、县、乡精准选派乡村振兴驻村队员十人,驻村第一书记同时兼任乡村振兴工作队队长一人,乡村振兴指导员一人,科技特派员一人等,帮助村"两委"和股份经济合作社厘清乡村振兴发展思路。

三是育强"带头人"。通过搭建扶贫车间、创业基地等创业平台,引导、鼓励和扶持农村知识青年、农民工和乡贤人士返乡创业带富,通过"村集体+带富能人"的方式,为带头人队伍提供强有力的资金支持和政策扶持,在拓宽"村社合一"业务范围的同时,育强致富"带头人",推动先富带动后富,实现乡村产业振兴。目前通过采取"村合作社+协会"的传帮带以及组织实训等方式,在陀螺协会、服饰协会、扶贫车间、种养殖业等培育创业带富人员共四十余名。

除了用活"三人"之外,瑶山村还积极健全"三制"。

一是健全运行管理机制。通过支部领办股份经济合作社,村两委班子成员和村级集体经济组织管理人员实行双向进入、交叉任职,选优配强股份经济合作社董事会、监事会,村党支部书记依法担任股份经济合作社董事长,不断规范完善村级治理结构,构建起村两委和股份经济合作社"两块牌子、一套人马"的组织架构,形成村两委负责村级治理和对经济工作的领导,村股份经济合作社负责对村集体经济管理,代表村两委从事市场经营活动,发展壮大村集体经济,对村两委负责的工作格局。

二是健全利益联结机制。实施合作社纯利润的百分之五作为村两委及合作社管理人员绩效奖金,剩余部分百分之七十用于股东分红,百分之二十作为合作社公积金,百分之五作为村集体公益事业基金的利益联结机制,合作社发展成效直接同村支两委、经营管理人员、社员的利益挂钩,提高大家参与合作社经营管理的积极性主动性,为村集体经济的发展壮大提供制度保障。

三是健全民主监督机制。村股份经济合作社实行民主决策制度和独立财务管理,聘请专业财务人员进行财务管理,同时股份经济合作社监事会、村委监督委员会、民生监督员加强对股份经济合作社运行情况和财务管理的监督,定期将各项经济往来、费用开支、资产负债、债权债务、财务计划、承包合同、分配方案等向社员进行公示公开,自觉接受监督,保障集体经济组织社员的知情权、参与权、决策权和监督权。

在用活"三人"、健全"三制"的同时,瑶山村还积极探索,盘活了"三资"。

一是盘活优势资源。村股份经济合作社依托瑶山独特的白裤瑶民族文化资源,采取民族文化资源入股和劳务输出方式,通过合作社组织群众向瑶山古寨景区进行劳务派遣,在瑶山古寨景区从事导游解说、文艺表演、农家场景展示、迎宾、保洁、保安、绿化、观光车驾驶、水电维护等,在丰富瑶山古寨旅游业态、规范景区运营的同时,又能解决群众就近就业和壮大村集体经济。

二是盘活闲置资产。村股份经济合作社将闲置的村办公房、空置商铺、产业基地、集体土地等集体资产进行盘活,通过资产入股或门面租赁,每年能为村集体增收十五余万元。

三是盘活扶持资金。积极谋划产业发展和争取项目资金,统筹扶持资金采取资金入股分红模式,扶持带富能人和产业龙头企业,依托瑶山民族文化旅游,着重发展做大旅游产业和民族旅游商品开发、瑶山鸡特色养殖等特色产业,在夯实旅游主导产业发展的同时，壮大村集体经济。

　　一个上午的步行参观，我没有感觉到丝毫的疲惫。走过古老的禾仓，走过保存完整的老民居，走过古寨内崎岖纵横的古道，仿佛这里的一切都弥漫着古老的气息，可你又分明感觉到了这份古老中的现代气息。

　　首先，走进非遗传承馆，你肯定会被它所记载和传承的民族文化感染。据介绍：白裤瑶被联合国教科文组织认定为民族文化保留最完整的一个民族，被称为"人类文明的活化石"。白裤瑶是一个由原始社会生活形态直接跨入现代社会生活形态的民族，至今仍遗留着母系社会向父系社会过渡阶段的社会文化信息。在婚前的两性交往上，母系社会文化遗存最为突出。恋爱中，女子往往占据着主导地位，主动选择，大胆追求，女子挑选男子，支配男子，男子处于从属地位。结婚之后，女子从夫居住，又服从男子的主导。

　　白裤瑶族至今仍保留着很多古老的习俗。白裤瑶民大多居住在偏远的大石山区里，生存环境非常恶劣。在与自然环境搏斗的艰难生活中，白裤瑶民族创造了自己独特的民族文化，其中铜鼓舞最具有代表性。据统计，在全国近四万人的白裤瑶人口中，就保存有三百多面铜鼓。铜鼓在战争年代作为战鼓使用。铜鼓已经有三千多年的历史，在如今的和平年代，一般在每年秋后的农闲时节为五谷丰登或重要节日，以及逢老人过世时敲打。白裤瑶自从有了铜鼓以后，就把它看成是本民族的象征，人气兴旺的寄托。铜鼓舞不仅是一种文体活动，它还与白裤瑶青年的爱情紧密相连，白裤瑶族很多青年男女都是在跳铜鼓舞后的晚上结成称心如意的伴侣。

　　瑶山村拉片最擅长的舞蹈是猴鼓舞，也称老猴舞，当地人称之为"剥泽格拉",意即模仿老猴子跳舞。相传,在遥远的以前,一位瑶族老汉在山地敲打皮鼓,驱赶偷吃黄豆的猴群。开始,猴群被鼓声吓得不敢下山。后来顽猴却趁着老汉熟睡后,悄悄击鼓玩耍。老汉醒来后,看见猴子打鼓觉得奇怪,看着看着,不禁被猴子击鼓和边跳边舞的动作所吸引。他暗暗记住了这些动作,回家后模仿起老猴打鼓,于是便有了这猴鼓舞。

白裤瑶妇女精于纺织,至今仍保留着一套完整的手工制作技术。白裤瑶的服饰制作需要一年的时间,因为它每一道工序都受季节的影响,自己织布、纺纱、刺绣、画图案,有三十多道工序。白裤瑶族服饰,男装图案以鸡仔花为主要饰纹,体现出白裤瑶胞对鸡的崇拜。男装的节日盛装,看起来像是雄鸡一样的造型。白裤瑶族男子白裤的膝部绣有五条红色花纹,相传这是瑶王与外族战争时留下的血手印,绣在衣上以示纪念,也是他们氏族图腾的标志。独特的白裤瑶服饰说明,在远古时代,白裤瑶就已经学会运用抽象的民族文化符号,表达自己的生活情趣和文化意念,这在中国少数民族服饰文化中具有重要的地位和价值。特别是白裤瑶妇女夏天的服饰,更是独特,上衣只见一前一后两块布,很随意地搭在肩上,布下再无穿戴,从两侧看去,女性双乳若隐若现。只要操持农活,一举一动更是风光无限。所谓的"两片瑶"之说,就是起源于白裤瑶族妇女夏季服饰。

那个美丽的瑶族小姑娘讲到这里时,有了点害羞的样子。她是一名讲解员,大约十八岁左右。

见她有些腼腆了,怕她过于难堪,我便开玩笑地说:"这是太热的缘故吧!这里海拔太低了。"说完,我还用手扇了扇脸,一副炎热的样子。其实,我也是掩饰我的难堪,因为,有一句不适合在小姑娘面前讲的话,"也是为了哺乳方便吧"差一点就脱口而出，幸而猛然醒悟眼前是个小姑娘在讲解而机敏地改了口。

漂亮的讲解员把头摇得像拨浪鼓似的，说："不是热，不是怕热……"

看着她欲说还休的样子，实在太可爱了，便不再为难她。我赶紧拔腿向前走去。不想，另一个年纪大一点的女干部，追上我的脚步解释说："白裤瑶族妇女不遮双乳，不是情欲上的表露，而是对母性至高无上的崇拜。"

我没有停下脚步，像没有听见什么似的。因为，此时，无需解释也无需回答。有一些人类所共有、共鸣的东西，是不用非要讲清楚的，不讲，谁也明白。

到"写生部落"的那幢楼时，我被门口墙上那些挂牌吸引了，只见它们密密麻麻排列着，把整个墙面都占据了。仔细一看，是全国各地的高校以及美术、摄影等的写生基地授牌。记得刚才在路上走时，就有人详细介绍了"写生部落"的营运情况，我便只是走进去，粗略地参观了一下，就走了出来，我急着想去搬迁新村看一看，以我到乡村采访的惯例，必须要随机找群众聊天，最好是开个院坝会座谈一下。

我这个要求当然是要实现的，不过，要我先观看村里的陀螺表演，我也只好同意！幸亏没有叫我观看斗鸟表演，那样的话可能我会直接拒绝主人的建议了。对陀螺这种儿时的玩具，我是比较熟悉的，我小时候也算个打陀螺的高手吧！在我的家乡铜仁市碧口区打陀螺最为刺激的是，各自抽打着陀螺，让陀螺相互碰撞，谁的陀螺被撞倒地停转，谁就败了。那时候，我是赢多输少。

一边走一边想，我倒要看看这里的陀螺是怎样个玩法。

据介绍：荔波县是"中国陀螺之乡"，陀螺活动最早是一种狩猎生存手段，如今演变成为当地全民参与的健身运动，在瑶族群众中颇为流行。近年来因传统生产生活方式变迁、民间传人外出务工和自然递减等情况，陀螺活动的技艺和规则逐渐式微。瑶山民族小学为学生开设了陀螺课程，邀请当地的竞技陀螺冠军谢友明授课，以提高师生对民族文化的了解，助力民族传统文化的传承。2016年，瑶山乡陀螺表演队还曾代表中国在意大利多卡蒂国际传统街头游戏艺术节中演出。刚才在村里的非遗传承馆中，我看到橱窗里陈列着陀螺队在陀螺比赛中获得的很多奖牌。只不过，那时我的兴趣点不在陀螺上，也没多问。

现在，我答应观赏陀螺表演了，村干部便兴致勃勃地给我介绍："瑶山家喻户晓的'陀螺王'谢友明，他在瑶山有陀螺加工厂，这几天厂里正赶制一批准备发往江苏的陀螺。他太忙了，如果不是听说您来了，他还没时间表演呢。"

见村干部这样说，我只好表示感谢。说实话，我最想见到的是搬迁群众。我表达了意愿后，村干部说："一举两得，'陀螺王'谢友明的徒弟都是脱贫户、搬迁户。"

在村委会一旁的一个敞开的厅堂里，我见到了谢友明和他的几个徒弟。谢友明个子不高却很壮实，大约四十多岁。他手里一边摆弄着陀螺一边说："之前我出去参加陀螺比赛认识了很多教练，现在不少外省的大学、体育局都在我们这里订货。"

我说："听说白裤瑶男人三件宝，鸟枪、陀螺、画眉鸟。你斗鸟吗？"

他摇摇头，指着手里的陀螺说："不玩鸟。只玩这个。"

我伸出大拇指说，"你玩出了一个产业，这可了不得呀！"接着我扳着指头说，"你从1995年第一次参加陀螺比赛，到2007年参加全国少数民族传统体育运动会，代表贵州队参赛并夺冠，又在2013年组建了瑶山白裤瑶陀螺协会，2016年随中国代表团出访意大利多卡蒂国际传统街头游戏艺术节，为我们民族文化传统争光了。"

我说着说着，他的眼睛亮了。他可能没有预料到我对他的事迹如数家珍，更没有料到我刚从非遗传承馆参观出来，他的事迹，我当然还没忘记。

他有些谦虚地笑了。不过，他的手艺一点不谦虚，让我这个儿时的陀螺高手，不禁拱手拜服。最令我惊讶的是，他叫徒弟在十米开外伸出手掌，他能把旋转的陀螺凌空抛到徒弟的手掌上旋转，这功夫可是了不得。

据介绍，早在二十年前，谢友明跟大多数瑶山人一样，住在这深山老林里，很少与外人接触。当时，小七孔景区已陆续有人前来游览，虽然有十多里的路程，但他敏锐地感觉到了商机。他与三十户瑶山瑶族群众每户自筹一千元，由政府补助九千元，搬进了传统干栏式新家，组建了民族文化表演队。如今，表演队仍然活跃在舞台上，让来到瑶山的客人，感受瑶族传统文化的绝技。

表演过后，我们开始喝茶，聊天。大家一番自我介绍后，进入了随心交谈模式。我掏出一包烟，一一递给大家，没有一个抽烟的。有些意外，也有些不自在。毕竟，我点起了香烟，有点孤独的感觉。我一边抽烟一边问坐在对面的王二："不抽烟，喝酒吗？"王二摇摇头。我开玩笑说："男人不抽烟，不喝酒，活着还有什么意思？"大家都哈哈大笑起来，王二说："想不到你这么大的领导，还说这些真话。"

我也笑了起来对王二说，"真话？你又不当真。"我又递一支烟给他，说，"怎么样，来一回真的？"他赶紧摆手："不来，不来。"其实，我明白王二所说的我的"这些真话"，本非所谓真话，只是他见我没有装腔作势，且如朋友一样说话，以他的角度来看，这就是真话。如果换一个角度来说，就是这话接地气。这样的地气，是拉近采访者和受访者距离的最有效的方式。

我又点燃一支烟说，"谁是大领导了？我是作协的。"见大家有些疑惑，我又打着手势说，"我不是'做鞋'的，是作家，就是作文还写得可以的那种人。"

大家哄堂大笑，你一嘴他一句地活跃了起来。

在交谈中，我了解到王二出生于1992年，家中有父母、妻子四口人，却只有四分土地。王二在村里的旅游公司上班，负责陀螺、歌舞等表演，每月工资三千多元，妻子是村里卫生所的村医，每月工资二千余元，家庭年收入六万六千多元，家庭人均年收入为一万六千五百元。兰志培，出生于2001年，家中共有八口人，除了爷爷年事已高不能劳作之外，家中父母在江浙一带打工，两人月工资有八千元左右。他本人在表演队工作，月工资三千多元，家庭人均年收入一万五千多元。王胜国，出生于1989年，家中五口人，分别是母亲、妻子和两个小孩，除小孩外，三人都在村里的旅游公司上班，王胜国本人负责陀螺表演，妻子在景区内主要从事节目主持人工作，两人月工资各自为三千多元，家庭年人均收入近二万元。何昌妹，家中共六口人，公公婆婆在家务农，她本人在村里旅游公司上班，月工资三千元整，同时兼村委委员一职，每月工资六百元，爱人在荔波大七孔景区上班，负责驾驶摆渡车，月工资四千五百元，两名小孩都还在上学，家庭年人均收入超过了三万元。

众所周知，贵州省人民政府就脱贫攻坚成果发布了"贵州省有九百二十三万脱贫，一百九十二万搬出大山"这一数据。无论是政府工作报告，还是新闻通稿，均采用了这个数据。作为一名常在山乡之间行走的人，我对这一组数据是坚决认同的。这几年来，我再走山乡，覆盖了全省九个市州，五十三个县，二百多个村寨，并调研过无数的移民搬迁点，有一种担心，始终是我心中抹不去的存在。特别是对"搬得出，稳得住，还要致富"这个当下的课题，我一直是持求证的态度。这"搬得出"，眼见为实了，"稳得住"也基本实现了，可是，"还要致富"，这不是说给你一句话，或者是给你一个目标、给你一个方向、给你一个希望就好了的事情。

一路调研下来，总感觉太不容易了。怎样才能真正确保巩固好脱贫攻坚成果？怎样才能有效与乡村振兴战略有效衔接？这是一个务必实事求是，勇于创新实践的时代课题。我始终坚信，乡村振兴战略是睿智而伟大的，只要我们基层的工作始终对标中央的工作要求，因地制宜敢于创新实践，就一定能达到这一伟大的目标。民族要复兴，乡村必振兴，任重而道远！

我们来看一看这一组数据：瑶山村2015年以来返乡创业和就近就业情况——2015年：全村共有劳动力一千零四十一人，外出务工一千一百一十一人，其中省外务工二百九十三人，省内县外务工七人，县内就近务工八百一十人，无人返乡创业，就业创业培训六十二人。2016年：全村共有劳动力一千零五十八人，外出务工九百六十五人，其中省外务工二百八十二人，省内县外务工十人，县内就近务工六百七十三人，返乡创业一人，就业创业培训四十九人。2017年：全村共有劳动力一千零三十二人，外出务工一千零一人，其中省外务工二百九十五人，省内县外务工八人，县内就近务工六百九十八人，无人返乡创业，就业创业培训八十五人。2018年：全村共有劳动力一千零五十五人，外出务工一千零一十一人，其中省外务工三百零二人，省内县外务工一十三人，县内就近务工六百九十六人，无人返乡创业。当年村里公益岗位就业有一百七十八人，就业创业培训七十人。2019年：全村共有劳动力一千一百零五人，外出务工一千零五人，其中省外务工三百五十五人，省内县外务工十五人，县内就近务工六百三十五人，无人返乡创业。当年村里公益岗位就业有一百九十八人，就业创业培训一百二十一人。2020年：全村共有劳动力一千二百零六人，外出务工一千一百八十六人，其中省外务工三百二十五人，省内县外务工十一人，县内就近务工八百五十人，返乡创业四人，发放一次性创业补贴五千元。当年村里公益岗位就业有二百三十九人（全部为脱贫户），其中监测户六人，就业创业培训一百九十六人。2021年全村共有劳动力一千二百零五人，外出务工一千零五十人，其中省外务工二百八十五人，省内县外务工九人，县内就近务工七百五十六人，返乡创业四人。当年村里公益岗位就业有二百四十五人（全部为脱贫户），其中监测户一人，就业创业培训二百零五人。村民外出务工主要地点在广东东莞、浙江义乌、江苏盐城、广西南宁及河池等地，主要从事电子厂、文具玩具厂、五金加工、建筑业、纺织厂、服装厂、林场伐木等相关工作；县内务工主要是本乡境内聘任护林员、扶贫专岗、就近经商、餐饮旅游服务、建筑工地等工作。

  从以上数据不难看出，瑶山村的人均收入的指标，还是主要靠外出打工才能与全乡农民人均纯收入一万三千二百一十二元的这一数据基本持平。全村有四百九十一户二千一百二十七人。从当下的人均收入数据概算得出，瑶山村人总收入为二千八百一十万零一千九百二十四元。从全村外出打工人数与人口总数的数据来看，外出打工达到了近百分之五十，从除开老人、儿童的有效劳动力人口数据来看，外出打工达到了惊人的百分之八十七点一。从这些数据中，我们可以得出一个结论，瑶山是典型的一方水土养不起一方人的穷乡僻壤之地，这样的典型，也是典型的喀斯特地貌最为显著的特征。这样的特征又赋予了这一方水土所独有的状态，山清水秀、风光旖旎，但土地贫瘠，可耕地绝少。那么，这样一个致命的问题来了，如果农民没有足够的可耕地，他们拿什么衔接乡村振兴战略呢？

　　据介绍，瑶山村人均基本农田仅有零点八亩，以总人口二千一百二十七人四百九十一户来概算，每户大约为四点三三人，户均三点四六亩土地，从这一事实来看，这样的劣势，说是极度危机也不为过吧！与陀螺表演队的王二等人交流时，我就十分惊诧。于我而言，在走村过寨与乡亲们交流中，我惯常地喜欢与他们扳着指头算账，比如你家谁在外打工，谁返乡创业，收入是多少，另外种植了什么，养殖了什么，产值是多少，收入情况如何，甚至细算到一头猪一只鸡一只鹅的收入，以此来印证采访对象的人均收入。根据我的经验，一般询问之下，采访对象对自家的收入情况，都会有所保留。在我穷追不舍，扳着指头仔细算账之后，还没有一个采访对象不认同我的算法，算法认同了，收入也就认同了，可是他们往往还是说没这么多。在我一句"人人都有财不外露的警惕"的反击下，他们几乎都会笑起来，不再隐藏。也有人反击我说："一只羊，一只鸡也算钱呀？"我说："这鸡、这羊是你们自家吃了，还是卖了？"他们七嘴八舌说："自家也吃，也卖。"我扳着手指说："土鸡三十元一斤，一只在一百二十元以上，十只就是一千二百元。你卖了是收入，你吃了是消费，从价值上来讲都是一样的。所以你们家的猪、羊、鸡、鸭，种植的天麻、黄精等，甚至苞谷、土豆等农产品，无论你换成现金，还是自己吃了，都应该算成是收入。你要吃鸡，你没有，你是不是要掏钱买。所以你无论是买和卖或是吃了鸡,这三者就等同于一个价值一百二十元,这怎么能不算钱呢?"大家都基本认同我这样的算法。

我以这样的算法与王二等算账,算到后面基本上算不下去了。比如说王二家四口人,只有四分地,还有一家只有二分地的。惊诧之下,我赶紧追问。原来他们搬迁来这里之前,是大山深处最边远的村民组的人家户,人走了,地搬不走。再说那几分地又瘦又薄,原来种点苞谷都少有收成,现在早就顾不上那二分地了,路途遥远,只有荒废。

土地是农民的根本,从这一点上来看,类似王二这样的农家人,可谓处于极度危机之中。惊诧过后,我在思考,王二还算不算是农民。他的身份无疑是农民,可是没有了土地。于真正意义上的农民而言,这就意味着极度危机。思考再三,关于王二,我得出了一个可以探讨的结论。王二从大山深处搬迁到移民新村,这个"新村"的含义已经区别于普遍意义的村庄,是否可认为他是"新农民"?或者是"新市民"?可以明确的是,这里的移民新村已经具有了小城镇的特性,那么,一个新的问题来了,农民变市民了,这农民和市民所处相关的社会特征和社会功能,以及社会所带来的相应配置和措施,是否能交替、交融?从目前来看,这显然是有政策性障碍的。这样的障碍什么时候能因地制宜地彻底解决,看来,还要勇于探索实践、敢于务实创新。

王二等人在可耕地的方面,的确有极度危机之感,可我又分明感觉到他们并不恐慌,甚至对当下的状态还非常满意!在与他的交流中,他一直在笑,这笑分明让我感觉得到他的获得感是由衷的。

"搬得出,稳得住,还要致富"虽然任重而道远,可他们毕竟是瑶山巨大变迁的见证人，深切体会到了今天的新生活来之不易。昔日瑶山，曾是荔波县"旧社会"和"原始部落"的代名词，瑶族同胞以"游猎"为生，居无定所，过着刀耕火种的原始耕作生活。当年"山洞当住处，穿衣一块布，吃饭靠上树"，到如今，山洞、茅草房变成了电梯房、小洋房，就业、就医、就学等全方位改善，瑶山人的获得感、幸福感、安全感是显而易见的。

如果说昔日瑶山因贫困而闻名，那么今日瑶山则因旅游而令人瞩目。随着荔波县全面升级打造旅游目的地，以高质量发展为引领推动巩固拓展脱贫攻坚成果同乡村振兴有效衔接工作上台阶见实效，类似王二等人因可耕地缺乏的危机局面，早已绝处逢生。他们既是脱贫攻坚成果的受益者，又是乡村振兴战略施展开来的最大受益者。如今瑶族同胞在家门口的景区当起了导游、驾驶观光车、向游客展演歌舞，用独特的文化赋予旅游以魂魄。据荔波县2022年国民经济和社会发展统计公报，2022年紧紧围绕"打造国际一流旅游目的地，争当全域旅游新典范"的目标定位，以高质量发展为统揽，奋力推动旅游产业化高质量发展。全县共有5A级景区一个、4A级景区一个、3A级景区九个，共有住宿单位一千一百一十七家，床位数三万九千张，其中按星级标准建设酒店五家、星级酒店七家、宾馆酒店四百八十三家、民宿一百三十二家、农家乐七十二家、客栈四百一十八家。年末实现接待游客一千八百九十万零一十七人次，同比增长百分之三点六四，旅游总收入一百五十三亿四千八百万元，同比增长百分之二点八三，接待过夜游客达一百八十九万八千一百多人次，同比增长百分之一十八点九一。

2023年以来，荔波接待游客达一千四百多万人次，同比增长百分之四十二点零三；旅游总收入达一百三十七亿元，同比增长百分之四十七点三七；旅游产业实现强劲复苏，上榜"2023年全国县域旅游综合实力百强县"名单，为荔波经济高质量发展注入蓬勃动力。

瑶山乡从2014年至2022年完成各类项目一百八十六个，2022年完成一般公共预算收入六百五十八万一千二百元，同比减少百分之二十一点一四，完成招商引资九千万元，同比增长百分之十；完成固定资产投资六千五百万元，同比增长百分之五，全乡农民人均纯收入达到一万三千二百一十二元，同比增长百分之十点零六。梦柳3A级景区、瑶山古寨4A级景区的发展势头向好。

如今一栋栋现代化的农村民居，一条条错落乡间的柏油马路，在青山绿水中勾勒起了一幅美丽而鲜活的山水画卷。昔日的瑶山村，今天的瑶山村，大家有目共睹，这里发生了天翻地覆的变化，这样的"蝶变"，可以说是一步跨了千年。

黔村行记

第四章 ■ 高原醒了

这是一块神奇的土地，它瘦骨嶙峋，却有着万峰成林的卓绝风姿。这就是贵州省，是神州大地唯一没有平原支撑的省份。千百年来，这里长期背负着"地无三尺平，人无三分银"的窘态，长期是穷乡僻壤的代名词。在一百二十二万八千八百六十六座山峰的视觉线上，这里没有地平线，有的只是参差不齐、曲线突兀。

如今，在这万峰成林之中，架起了三万余座桥梁，大小桥梁连起来超过四千六百公里，几乎可以从贵阳到北京直线跑一个来回；打通了两千五百三十五条隧道，连起来超过两千六百公里，比喜马拉雅山脉还要长七百多公里。高速公路通车里程达八千多公里，把所有的大小公路连接起来，可以缠绕地球赤道七圈半。如果把市政道路、串寨路和联户路加起来达四十万公里，超过地球到月球三十八万公里的距离！贵州由"不平"变"平"，从"绝对贫"到不再"贫"，实现了从"千沟万壑"到"高速平原"的精彩蝶变。从此，贵州彻底撕掉了千百年来的绝对贫困标签。

很多贫困地区一下子从经济落后的边沿转变为发展的最前沿，让更多老百姓共享天堑变通途的红利，让沉睡了千百年的梦想，在一片沸腾的群山之中渐入佳境，山乡一派生机盎然，高原醒了，醒在了高原人的梦想里。

这山乡的巨变，于我而言是目睹者和亲历者，有了这样的过程，乡愁始终是我不可磨灭的记忆，有了这样的记忆，不啻让人魂牵梦绕，有了这样的魂牵梦绕，乡音便常常喊醒我的耳朵。耳朵醒了，眼睛就亮了，心也就打开了，每到这个时候，我就想站在高处，放开喉咙唱个痛快！这样的痛快，无疑让我明白了，有梦、追梦、梦想成真，是那样的大快人心啊！

从小我是在乡村长大的，那个时候我们地质队几乎都在乡间驻扎，长大后我也成了一名地质队员，走遍了祖国的山山水水、村村寨寨，再后来我成了一名作家，走村过寨仍然让我乐此不疲。

长途跋涉就是诗与远方，于我而言，诗就是田园牧歌，远方近在咫尺。于乡间而言，我的愿望其实很简单，那就是在乡间有着这样的景象：在村庄晨雾的弥漫中有孩子们琅琅的读书声，在田间耕作的黄昏后有一对对夫妻愉悦地回家，在月亮升起来的时候，在小院子里，有爷爷奶奶、爸爸妈妈和孩子，一家人围在小桌上温馨地吃饭……

在我看来，如果没有了这样的景象，我们所追求的美丽乡村、和谐乡村，是不是会被打上一个大大的折扣呢？在我看来，背井离乡绝非常人所愿。

就是这样简单的愿望，曾几何时，一度让我茫然无措。众所周知，在一段时间的乡村，留守儿童、空巢老人的现象非常严重，这个严重，让我倍感失落，深感遗憾。对于一个儿童的成长而言，缺少父母的陪伴是致命的缺陷，这样的缺陷，可能导致的后果是不可估量的。说到这里，我很愿意再提一个大家耳熟能详的故事。曾子要去赶集，孩子哭闹着非要跟着一起去。曾子的妻子说，只要你不去，回来杀猪给你吃。孩子一听有猪肉吃，就停止了追赶的脚步。曾子赶集回来后，立刻磨刀霍霍，妻子见状大为惊讶，说本是一句戏言，怎可当真？曾子说，你不当真，孩子当真了，这猪必杀，如果今天我们言而无信，明天孩子就会轻诺寡信。这个故事最重要的启示就是，教育孩子最有效的办法是，我做给你看，比说得再多有用，这就是身教重于言教。

如果父母不在儿童身旁伴随他的成长，如何身教？如何言教？这显然是一个严重的社会问题。这个问题，在一段时间里，是一个普遍现象，是不争的事实。实事求是是共产党人的根本所在，毫不避讳这一问题，并有能力逐步向好地解决这一问题是我所看到的和感受到的。

特别是党的十八大以来，我的感受尤为深刻。自从精准扶贫全面展开，以我在老少边穷地区长期走村过寨、深入生活、扎根人民的亲身经历，可以说，精准扶贫，普天之下，没有惠及不到的地方。毫不夸张地说，放眼人类历史上任何变革和改变历史进程的宏大战役，都不能与这一场对淤积了几千年的贫困症结所开展的脱贫攻坚伟大战役相提并论。

有了这样的认识，我总是愿意与乡亲们在一起促膝谈心。我就是他们中的一员，是兄弟姊妹，也是无话不说的知心朋友。这样，他们那朴实无华、勤劳善良的秉性，成为我体检自我的一面镜子；老百姓那最朴素的价值观——饮水思源、感恩戴德，于我而言，也是感同身受的。有了这样的感同身受，便有了我撰写脱贫攻坚战的长篇报告文学《江山如此多娇》。这部报告文学是我在乌蒙山脉、武陵山脉连片贫困区域中进行深入细致的田野调查，目睹了"精准扶贫"带给山乡的巨大变化，从不同角度讲述了脱贫攻坚的"贵州故事""贵州战法"。

众所周知，二〇二一年二月二十五日，习近平总书记在全国脱贫攻坚总结表彰大会上向全世界宣告中国举世瞩目的减贫成就。我国脱贫攻坚战取得了全面胜利，现行标准下九千八百九十九万农村贫困人口全部脱贫，八百三十二个贫困县全部摘帽，十二万八千个贫困村全部出列，区域性整体贫困得到解决，完成了消除绝对贫困的艰巨任务，创造了又一个彪炳史册的人间奇迹！

贵州脱贫人数，易地扶贫搬迁人数均为全国之最，截至二〇二〇年十二月，贵州实现九百二十三万贫困人口全部脱贫、六十六个贫困县全部摘帽、九千个贫困村全部出列、一百九十二万人搬出大山，彻底撕掉了千百年来贫困的标签，谱写了脱贫攻坚战创造的"中国奇迹"贵州精彩篇章。

在脱贫攻坚取得历史性巨大胜利的同时，习近平总书记高瞻远瞩、深刻洞察时代发展大势，鲜明提出了全面推进乡村振兴这一重大历史战略。民族要复兴，乡村必振兴。全面建设社会主义现代化国家，实现中华民族伟大复兴，最艰巨最繁重的任务依然在农村，最广泛最深厚的基础依然在农村。

二〇二一年二月，《中共中央国务院关于全面推进乡村振兴加快农业农村现代化的意见》公布。《意见》明确指出，要坚持把解决好"三农"问题作为全党工作重中之重，把全面推进乡村振兴作为实现中华民族伟大复兴的一项重大任务，举全党全社会之力加快农业农村现代化，让广大农民过上更加美好的生活。这是以习近平同志为核心的党中央在新形势下做出的重大战略决策。为此擘画了发展蓝图、规划了实践路径，开辟农业现代化发展新境界，开启了全面建设社会主义现代化国家新征程。在这个极其重要的新发展阶段，如何解决好发展中的主要矛盾，如何充分激发"三农"在新发展格局中的潜力和后劲，让"三农"成为稳定经济社会发展大局中的"压舱石"，是我们的历史责任和时代担当。

举世瞩目的脱贫攻坚战取得了全面的胜利，有的人认为是不是可以刀枪入库、马放南山，歇一歇、喘一口气了？当初，我也这样认为。我目睹了精准扶贫以来，奋斗在一线的脱贫干部们，可以用一句最令人动容的话来说，那就是鞠躬尽瘁。可是当全面推进乡村振兴的号角在身后响起，嘹亮的冲锋号吹醒了扶贫干部们疲惫的身躯，他们跃出战壕，奋勇前进！

　　共产党人就是这样，每当在历史的大变革、大进程中，睿智而务实地把握住了历史赋予他们的责任，他们总是能从巨大的胜利中走向更大的胜利。当睿智成为一种为天下人谋幸福的战略时，这便是一种与时俱进的精神，这种精神像钢一样坚韧不拔，是普天下强者的象征。钢铁是怎样炼成的？钢正是从不断的锻铸中不断的热轧冷却中，聚集了无穷的力量，从而开始了一个志士必不可少的严峻考验；钢正是在这样的考验下，脱胎成型，竖起，它是擎天大柱，横起，它是立地栋梁；钢正是在这样的考验下，才有了阳刚之气，才有了有棱有角的性格，也才有了千古名言——百炼成钢。钢的肌肤是坚韧的，坚韧得一敲上去就响起当当之声。这是典型的英雄性格，这种性格就像高尔基笔下的海燕，他们在暴风雨中振臂高呼：让暴风雨来得更猛烈些吧！钢原本是铁中的精英，刀尖上的锋芒。钢的英雄形象，只有在危难之时方显身手，三千度的熔点，才显示它炽热的本色，这时候，它柔软如水却不是水，这鲜红的洪流出熔炉而坚且毫不动摇，这是钢的精神，钢的个性。

　　是的，在危难之时钢就会显出钢的本色，这是英雄主义，这是乐观主义，这是理想主义。当一个人拥有了这样的精神，他将战无不胜，无坚不摧，这便是当代的共产党人。共产党人不缺这样的钢铁战士，在这场脱贫攻坚的伟大战役中，这种精神在老百姓的泪光里，在共产党员的形象里。

那么，追寻钢铁战士们的步伐，以及他们所面临的挑战，便是一个文艺工作者的责任和担当。那么，再次走村过寨、深入生活，走进如火如荼的乡村振兴一线，便成了我的不二选择。心动则行动，从大娄山脉到乌蒙山脉、武陵山脉，再到苗岭山系，行程近八千公里，历时六十余天，进入了七个地州市，三十六个县区，五十多个乡村，采访对象达一百余人。在与老百姓促膝谈心的时候，常常是在震撼中度过。"震撼"这个词，作为作家来说，一般不会轻易使用，因为，有些眼睛看见的震撼，是文字无法充分表达的，仅仅使用"震撼"这个词来讲述，这是一个作家欠"功夫"的表现。如果作家的描写，能触动人的心灵，能给人留下不可磨灭的记忆，一定不是落在纸上的那两个字——震撼，而是你的讲述能否一唱三叹，而这一唱三叹的根本，不是我讲得好，而是事实本身更精彩。那么现在，就讲一讲我的所见所闻。

在大娄山的腹地，我再次走进了花茂村。

这个远近闻名"百姓富、生态美"的黔北小村庄，习近平总书记曾在这里留下了至今让花茂人津津乐道的两句话："怪不得大家都来，在这里找到乡愁了。""党中央制定的政策好不好，要看乡亲们是哭还是笑。"几年前，我曾住在花茂村深入生活一年多，创作了报告文学《花繁叶茂，倾听花开的声音》和长篇电视连续剧《花繁叶茂》，分别在《人民文学》头条发表，央视"一黄"播出，得到广大读者和观众的喜爱，因而我也成了花茂村的荣誉村主任。

今天，我这个荣誉村主任走进花茂村时，并没有告诉村支两委那些熟悉的老朋友们。花茂村我太熟悉了，我想，遇见谁就与谁聊一聊。

走在花茂的田野上，眼前一片生机盎然，黄的是油菜花，红的是桃花，白的是梨花。当缭绕于山间的那些薄雾渐渐上升，聚集成莲花般的云朵飘荡在湛蓝色的天空中时，晨风吹满了山谷，一时芳香弥漫。

在这样的芳香时刻，我遇到了一位叫陈辅君的老同志，一番聊天之后，了解到他是遵义市乡村振兴局的督察专员，自从"国家八七扶贫攻坚计划"开始，他就一直从事着扶贫工作，可以说，他绝对是扶贫工作中的"活化石"。遇见了这样的"活化石"，我的话便不再拐弯抹角，我说，陈专员，花茂村在脱贫攻坚期间，已经成为远近闻名的"百姓富、生态美"的示范村，名气实在太大。这样的村，巩固拓展脱贫攻坚成果是根本，而在实施乡村振兴战略中，我们如何上台阶、见实效？是否能成为乡村振兴中的样板村？现在关于乡村振兴，有很多具体的抓手，比如"五大行动""六个专项行动"，我认为，说起来容易，做起来很难。

他说，你写我们花茂村的报告文学《花繁叶茂，倾听花开的声音》和电视剧《花繁叶茂》我都看过了，实事求是，很接地气，大家都很喜欢，我知道您是花茂村的荣誉村主任，有两年时间没来了吧？我是经常来花茂村的，花茂村的乡亲们都还念叨着您呢！关于脱贫攻坚，关于乡村振兴，您的田园式调查很翔实，我呢，一直长期在一线工作，我给您来一个长篇大论的汇报，就算您能耐心听我说完，您会想，这家伙嘴巴说得好，抓不到要点。说着，他爽朗地笑了起来。

我也笑了起来说，老扶贫就是老扶贫，切中要害，我今天来，要想了解的东西，你最清楚。

他说，花茂村我不担心，我只给你讲一个数据，你这个荣誉村主任就放心好了，截至二〇二二年底，花茂村一千三百四十五户五千一百六十六人,其中脱贫户四十七户一百五十人,监测户一户三人,农民人均可支配收入为二万三千六百一十三元。

我伸出大拇指说,花茂村监测户只有一户三人,这真是了不得,不得了啊!

以我常年走村过寨、实地走访的经验判断,像花茂村这种只有一户监测户,确实是罕见的。在我采访的众多村庄中,有的村监测户近三十户达百余人之多,有的村一二十户也是正常。所谓监测户,并不是说他返贫了,而是他存在有可能返贫的因素。现阶段,把群众分为一般户和脱贫户两大类,一般户中有可能存在边缘易致贫户,脱贫户中有可能存在脱贫不确定户,以及突发严重困难户,这三类都属于被监测对象。在监测过程中,通过不断地下访"四清一判",即家庭人口结构清、收入情况清、刚性支出情况清、"三加一"(住房、教育、医疗加安全饮水)保障情况清,最后综合研判是否具有返贫致贫风险。

基于这样的判断,我便想结束在花茂村的调研,因为我这个荣誉村主任不仅仅是放心了,心里还充满了欣慰和自豪。也基于这样的判断,每到一个村调研,我的第一句话总是会问,你们村还有多少监测户?返贫的可能性有多大?第二句话是问村里的人均收入,第三句问的是村企业的发展情况和市场竞争能力。有了这样的问和对方的回答,结合我的眼见为实,我便能清晰地判断和了解这个村的实际情况。

正当我想与陈辅君同志告别时,他告诉我,花茂村现在高质量发展上有了新的突破。

我说,这一点我是了解的,前段时间,农业农村部农业生态与资源保护总站、中国农业生态环境保护协会公布二〇二二年度国家级生态农场评价结果,花茂村的遵义绿动九丰蔬菜种植专业合作社榜上有名。

他点点头，扳着指头意犹未尽地告诉我，现在，合作社有露地蔬菜基地五百亩，大棚蔬菜基地一百五十亩。通过这些年的产业发展，带动周边发展蔬菜两千五百亩，组织农户农产品销售两百五十万斤以上，实现销售收入四千余万元。合作社从最初的七个社员发展到现在的一百五十三人，带动周边群众就业一百八十余人，群众就业工资收入达两千两百余万元，建档立卡户分红一百七十万元以上。下一步，我们将坚持"五子"农业（即"果盘子、菜篮子、肉碟子、粮袋子、钱袋子"），做好农业"五型"经济（即"城郊型、科技型、效益型、示范型、观光型"），以"公司+村党支部+合作社+农户"的发展模式，始终将保护生态环境与提高经济效益有效结合起来，用现代科技改造农业，促进传统农业向现代农业转变。

他说的这些，我都是了解的，我并没有打断他，我也愿意听他把绿动九丰蔬菜种植合作社再说一遍，毕竟这个村集体企业在乡村振兴中起到的示范引领作用有目共睹。但当他说到一个大学生回乡创业，所取得的成绩，我来了想与这个人见一面的兴趣。

说见就见，我们在一个院坝里坐了下来。

这位大学生叫王佳，二〇一二年，他从贵州大学经管系毕业后毅然决然回到家乡，从事农产品种植产业，在流转三百亩土地用于有机大米的种植后，带动了至少三千亩以上土地用于有机大米的种植，并获得了相关部门颁发的有机证书。这种品质的大米，每亩的产量较之其他品种水稻低了不少，但售价却又远远高于市场均价，据他介绍，一亩地可以产出一千斤稻谷，一千斤稻谷经过加工可以出五百斤大米，以每斤大米十二点八元的批发价，一亩地就有六千四百元的毛收入，一年时间，他的三百亩地就能达到一百九十二万元的毛收入。在创业期间，他还荣膺"乡村创业导师"的称号。

我说，你去年挣了多少？

他说，约六十万元。

我说，你挣了这么多钱，其他村民挣钱了没有？

他说，当然要挣钱啊，仅仅是农忙季节，我的水田就可以提供周边村寨四十户近百人的就业岗位，这些岗位又分为拔草、清淤的普工和操作大型器械的技工两大类，普工每小时十五元，技工每小时三十元，这还不包括土地流转费和分红。

我说，那么你们是合伙人了？

他说，是的。

我高兴地用手指着他说，你这个年轻人厉害，有知识有文化，回乡创业带领大伙致富，我看啊，这是成了合伙人，幸福来敲门嘛。

他嘿嘿地笑了起来。我扳着指头对他说，来，我们来算算账，你们不仅仅只有稻谷的收入吧？

他说，我的这种种植、养殖模式是"三物共生"，即动物＋植物＋微生物，绝不打任何农药，不施任何化肥，选的是适合我们花茂水田生长的品种。

我说，种植和养殖？你是不是还养了稻田鱼和稻田鸭？

他说，是的，我这个是立体种植养殖。

我说，可不可以这样说，你小伙子最终实现了"一田多用、一水两用、一季多收、粮鱼鸭共生"的产业目标？你说说，你的鱼和鸭有多大的产值？

他说，一亩水田最高可产一百斤稻田鱼，其鱼苗以鲤鱼、草鱼为主，鱼苗由镇政府补贴，每年四月上旬时，每亩水田放入三十斤鱼苗，十二月底增长约为一百斤，同时，在六月下旬放入稻田鸭进行饲养，每亩水田可养殖十五至二十只稻田鸭，两项可增收约十五万元。

我说，你这是科学养殖、种植，放鱼苗的时候是三十斤，大约一两一条，两个月下来，得长到三四两一条吧？这时候再把小鸭子放下去，这个时候鸭小鱼大，即使鸭子能吃掉几条鱼，鱼的损耗也会减少。从你说的数据上来看，从上半年放鱼苗，下半年收成鱼，其损耗也不小。一般来说，稻田鱼收成的时候，一条也就一斤左右，三十斤收成一百斤，从这个数字来看，一两一条的鱼苗长到一斤应该是十倍的重量，可是，你最多只能收成一百斤鱼，证明鸭子嘴小，也能吃鱼啊。不过你考虑过没有，这样的损耗是否划算？是不是可以养鱼就不养鸭或者养鸭就不养鱼呢？

他说，还是都养最好，稻苗在生长期内，蝗虫、稻飞虱等害虫，肯定会聚集在稻田内，正好为鸭子和鱼提供了丰富的饵料，也为稻苗健康成长提供了保障，这鱼和鸭子来来往往地游动，其实就是为稻田松土，能让稻苗长势更好，而鱼和鸭的粪便，又为水稻提供了有机肥。不过，鱼太多了也不行，鸭子少了也不行，就我这样的比例最好，我的"三物共生"水田种养殖模式，很适合我们这里。

我说，好啊，这就是我们的山地特色农业，什么叫因地制宜？这就叫因地制宜。小伙子做得不错。在花茂，你是不是做得最大的？

他说，这不敢说，在花茂有很多人做这种产业。但我不是花茂人，我是隔壁苟坝村的人。

我笑了起来，谈了半天，你是隔壁苟坝村的人，好啊，花茂就是花茂，名不虚传，筑巢引凤啊！

与王佳告别后，我对陈辅君说，我想到隔壁几个村看看，可否同行？他欣然应允。

他说，你想去哪里？

我说，刀靶村。

说走就走，我们向刀靶村前行。

刀靶村与花茂村相隔六十一公里，这在以往的乡村公路上，需要两小时左右才能到达，而现在，只需要五十分钟左右。现在的村级公路几乎可以媲美省级干道，这样的改变，却改变不了山高坡陡，我们的车子也会在山海之间起起伏伏，左拐右拐，根本不可能闭目养神，干脆就打电话给花茂村支书彭龙芬，询问她村里那一户监测户的情况。

据彭龙芬介绍，这一户男主人为彭甫阳，四十一岁，因见义勇为而光荣牺牲，被贵州省人民政府授予"第六届贵州省见义勇为英雄"，被遵义市人民政府授予"遵义市第五届见义勇为模范"。他的儿子彭榜玉在二〇一七年考入湖北三峡大学，一年后双眼视力急剧下降，经过多家医院检测后，确诊为一级视力障碍，为了治疗眼疾，家里花光了所有积蓄，又向亲戚朋友借了很多钱。治疗期间，彭榜玉被迫退学，重新考入一所盲人大专学校学习按摩技术。女主人代大琼去工地打零工，每月收入只有两千余元，儿子彭榜玉也进入一家盲人按摩店工作，女儿彭茂旭还在读初二。经过综合研判之后，其家庭存在返贫、致贫风险，随后将其纳入防贫监测户，除了每月发放低保金外，还减免了彭茂旭的一切学杂费。下一步，我们会继续关注和研判这一户的实际情况，并迅速启动防贫机制。

听了彭龙芬村支书的介绍，我放下心来，花茂村是被确定为首批"全国脱贫攻坚考察点"，入选一百个"世界旅游联盟旅游减贫案例"。近年来，还先后荣获了"全国先进基层党组织""全国文明村""全国改善农村人居环境示范村""全国乡村旅游重点村""全国民主法治示范村"等荣誉称号。这样的村,无论如何是不允许有返贫现象的。

打完电话,我的思绪回到了刀靶村上来。刀靶村于我而言,可谓如雷贯耳,它是远近闻名的红村。在一九三五年,敌军云集,意在突破乌江北岸,为确保遵义会议顺利召开,中央红军红三军军团长彭德怀不得不离开会场,奔赴位于乌江天堑的刀靶村,并击溃了来犯之敌。这就是史诗歌剧《长征组歌》之三的《遵义会议放光芒》所唱到的"雄师刀靶告大捷,工农踊跃当红军。英明领袖来掌舵,革命磅礴向前进"。十八年前,在我撰写长征题材的电视剧本《雄关漫道》,重走长征路时,曾到过刀靶村,那时候的刀靶村可谓给我留下了惋惜的印象,它虽地处交通要道,位于贵阳到遵义必经的乌江天堑,但房屋破旧、道路泥泞,当时我就想,像这么一个为中国革命做出巨大贡献的村,目光所及,实在是让我的心久久不能平静。这也是我今天坚持要到刀靶村的缘由。

到了刀靶村,一下车,我几乎认不出当年的刀靶村了,右看一栋栋崭新的高楼拔地而起,左看一面高大而鲜红的中国工农红军旗帜耸立在前方。正当我被眼前的景象惊讶得目瞪口呆时,一个小伙子跑了过来,他自我介绍说,我是刀靶社区书记。他这一介绍,我有一种猝不及防的感觉,一个村变成了社区,可想而知,如果刀靶村没有发展到一定程度,怎么可能有如此的城镇化规模?由此,我不能像惯常一样地询问——你们村还有多少监测户?返贫的可能性有多大?村里的人均收入有多少?村企业的发展情况和市场竞争能力如何?

我欣慰地举目四下张望后,自言自语地说了一句,哦,原来这里不是贫困村。我这句话的信息量很大，一是我此行的目的是到曾经的贫困村，调研脱贫后在乡村振兴中的作为；二是向同行的乡村振兴局陈辅君同志表明有点道歉的意味，来到这里与我们的调研方向相左；三是既然相左，就尽快离开这里，去下一个调研点。

陈辅君同志显然明白我的意思，但从他的眼神中，我看到了这样的意味——既然来了，我们还是看一看。从他快捷而热情的介绍中，我分明感受到了这一点。据了解，刀靶社区是省级红色美丽村庄示范点，其红色文化街区作为遵义长征国家文化公园的一个重要节点，现有红色革命旧址十九处，雄师刀靶告大捷陈列馆是爱国主义教育基地，与娄山关战斗遗址、四渡赤水纪念馆、乌江渡、苟坝会议会址等同为遵义十大红色教育基地。

临走的时候，刀靶社区年轻的书记拉着我的手说，我看过您拍摄的电视剧《伟大的转折》，其中也讲到了我们的"刀靶阻击战"，可惜还没看过瘾就讲"四渡赤水"去了。

我点点头，拍了拍他的肩膀说，我一直想拍一部电影，片名就叫《雄师刀靶》，不久我们见面的机会就多了。

上了车，我的电话响了，陈辅君同志在电话里说，我们去哪一个点？我说往西朝金沙方向开，随机调研。

于是我们一路往西，在高速公路上，我看到了马蹄镇团江村的标识，这让我想起了全国"时代楷模"黄大发所在的团结村，这个村从绝对贫困到脱贫摘帽，可谓远近闻名、如雷贯耳。团结村我去过几次，目睹了这个村翻天覆地的变化，这眼前一字之差的团江村又会怎么样呢？好奇心驱使我决定去团江村一探究竟。

见到团江村第一书记李德茂，第一眼就给我留下了深刻的印象，他个子不高却很结实，一脸桀骜不驯的样子。这样的人我很喜欢，我特别不喜欢唯唯诺诺的人。当然，我给他来了一个我惯常的三问，他在回答我最后一问时一脸的骄傲，而我最看重的也是第三问，说实话，村企业的发展情况和市场竞争能力如何是决定巩固拓展脱贫攻坚成果衔接乡村振兴的刚性标尺。

他扳着指头告诉我说，我们有"三千一万"！具体就是我们有两千零六亩红心蜜柚，有一千五百零九亩辣椒地，有一千三百八十二头肉牛和一万余头生猪。

说实话，听完这个数据，我有些吃惊，这上千亩的经果林、辣椒地倒是不稀奇，但这牛的总数却非常少见了，要知道，在一些乡镇都很难有上千头肉牛，一个村就能达到这样的规模，不由得让我大吃一惊。我说，小李书记，干脆这样，你不要说了，你带我去看看。

我这个人就是这样，不管你说得多好，以我眼见为实为准。

进了村，我看见一栋较大的砖混简易房，想必一定是牛圈，我便信步走了进去，见到了户主田应云。他给我介绍说，他夫妻俩原来在外打工，二〇一六年回来后开始养牛，一开始养八头，第二年变成十五头。田应云和妻子一合计，干脆再贷点款，把牛圈建得再大一点。如今，田应云家一共养了三十六头牛，他又在自家后院搭建了一个小酒窖开始酿酒，限于设备和场地，现在只能是酿些最简单的红苕酒。他说，今年听说贷款有新政策了，现在还想多贷一些，把酒窖扩大，能酿造苞谷酒了。

我扭头对小李书记说，能贷到款吗？

小李书记说，他是非贫困户，对这一类群众也开始实施新的贷款政策。为了更好地促进乡村振兴和产业发展，由乡村振兴局牵头和农行、农商村镇银行等四家银行签订了新协议，现在群众在这四家银行贷款的话，由之前的月息六点八变为了年息三点八五。如果以一户一年贷款十万元来计算，那么利息上就节约了四千三百一十元。

我对田应云说，原来月息六点八，相当于年息达到了八点一六，这太高了吧？我怎么感觉到这有点坑农民的味道呢？你说，算坑你吗？

田应云说，哎，不算，不算，原来我们根本连款都贷不到，能贷到款我们就高兴了。感谢乡村振兴局，感谢银行，现在利息更低了，我们当然更高兴了。说实话，在我们农村，只要肯干，只要勤快，就能致富，还贷款根本不在话下。

小李书记说，这种贷款是无抵押贷款，是有一定风险的，当时的银行利息就是这么高。现在好了，通过乡村振兴局的协调，与银行达成了协议，年息降低至三点八五，这个利率大伙都能接受，目前，我们团江村已经新贷出了一百多万元。除了利息的变化向好，贷款的数额也向好。以前乡亲们想发展产业、贷款的话，原则上单笔不能超过十万元，现在如果办理了正规商业营业执照，可以最高申请单笔五十万元的贷款。

我点点头说，是啊，银行是有难处，贷款的人多了，你田应云同志能把贷款还上，不等于人人都能还上贷款，呆账烂账的可能性还是有的，目前我们村的还贷情况如何？

小李书记自豪地扬起了笑脸，自信地说，目前，还没有还不起贷款的，经村支两委统计，截至二〇二二年底，整个团江村贷款共计为两千五百二十六万元，其中三百四十五户在遵义农村商业银行马蹄支行贷款两千二百八十三万元，另外还有四十七户在红花岗区富民村镇银行贷款两百四十三万元。但是，我们整个团江村在这两家银行的存款达到了四千三百余万元。

我也扬起了笑脸，与田应云告别，继续向村里深处走去。一路上我就在想，今天的收获很大，因为，从今天开始，我调研中惯常的"三问"变成"四问"，这第四问就是，你们还贷的情况如何？这个问题可以说，是乡村振兴、产业发展的刚性尺度。如果你贷了款又还得起款，你无须再给我证明些什么，这就已经充分说明了一切。

下午两点多，我们到达了乌江镇的坪塘村。见到了村支书周仕伟，由于还没有吃饭，肚子实在太饿，我赶紧连发四问，在他回答第一和第二个问题中，我感到了这个村的艰难。这个村监测户达到了十四户四十三人，其中脱贫不稳定户三户七人，边缘户三户八人，突发严重困难户八户二十八人。目前，这个村的人均可支配收入为一万元以上，二〇一七年该村被确定为省级深度贫困村，二〇一八年出列，二〇一九年在现行标准下实现整村脱贫。

我说，你这一万元以上的人均收入是如何得来的？

周支书说，主要还是靠外出打工的收入。

我说，那么外出打工的收入占比是多少？

他说，差不多能达到百分之六十以上。

他这样的回答，我不再纠结我的第三问和第四问，我赶紧问他，如何巩固拓展脱贫攻坚成果？如何让村里的监测户不再返贫？

陈辅君抢着说，我们针对监测户有三句话：第一句话，符合条件、收入不稳定的，必须应纳尽纳，给监测户更多政策，更多的温暖，防止他致贫、返贫；第二句话，应帮尽帮；第三句话，能销则销，不要错销，通过规范的考核来评判，这一户到底能不能消除监测。如果最后确实不能消除，我们就启动防贫兜底。

我问他，兜底的话，又有哪些具体措施？

他说，根据这一户的具体情况来定，比如说生病的，我们的医疗措施要跟上去，比如说我们农村的医保、低保，我们的帮扶，给他申请民政临时救助等等，这些全部都要跟上去，如果说，这些办法和措施都上了，这一户还是困难，因为有些药报销不了，或者收入减少，刚性支出增大，那么我们还有一个防贫基金……

我打断他说，一般来说，如果得了癌症之类的绝症，报销比例又是多大？

他说，那么这也是需要看他的具体情况，具体吃的是什么药？是不是在可报销的目录之内？如果在目录之内，那么他至少可以报销百分之九十以上，多的甚至还能报到百分之九十五以上。

我说，即便是让他本人承担百分之五，可基数太大，有些人也承担不起。

他说，承担不起我们也有办法的，这一点我们也考虑到了，我们的防贫监测就是针对这些情况的，如果遇上百分之五都难以承担的，我们再根据他的病情和各项开支进行防贫基金补贴，而且这个基金，不仅市局有配套，区里也有，各级乡村振兴局都有配套。

我说，那么这个防贫基金，一般情况下如何支持？

他说，还是要根据他的具体情况来支持，比如说，这位病人的自费药，买药吃，或者是化疗，也就是每个月的刚性支出需要一万元，那么再看他每个月的各项收入情况，总之，我们要保障他的人均可支配纯收入要达到六千七百元以上，这个数据是底线，同时，还要保证他能看得起病。再简单说，如果说一个家庭的主要劳动力突然患重病，劳动力丧失，收入急剧减少；或者一个家庭有小孩要读书，需要更多刚性支出；那么我们就要计算，我们到底要补贴多少，才会让这个家庭的人均可支配纯收入达到六千七百元。

我说，那么按照你所介绍的，这个防贫基金是很灵活也很有效的一项措施，根据不同家庭的不同情况进行调整。

他说，是的，除了这个防贫基金外，我们还有社会捐助这个办法，爱心人士、民营企业、社会团体等等，号召、呼吁他们都来捐助一部分，补齐我们的监测户。

我问他，乡村振兴局的这一笔钱，又是从哪里出的？

他说，各个部门出，计生户由卫健出，特困人员由民政出，残疾人又由残联出，监测对象和脱贫人口由我们乡村振兴局的专项衔接资金来出。

我说，那么这笔钱是如何发放，又如何对发放对象进行审核的？

他说，这个审核很精细，也很严格，层层把关，比如说，村支两委发现了某一户出现了困难，就帮助这一户进行申请，干部走访，进行综合研判，最后公示公告，同时，还有一些相关单位、部门也会反馈，比如医院发现某一户的医药费一段时间内增加了很多，那么医院的系统就会把这个信息自动发给我们，经过我们走访、调查了解后，再进行综合研判，看是否需要纳入监测户，是否需要防贫基金救助。比如大树子村民组的罗志刚夫妇俩，之前一直在外地打工，罗志刚在外一直从事水电安装，妻子杨志远则以打零散工为主，年家庭人均纯收入只有五千四百一十五元九角九分。二〇二一年八月，还在大学读书的大儿子罗尚亿突然感觉身体不适，去医院经过检查后确诊为伯基特淋巴瘤，这一变故让全家人都有些措手不及，为了治病，全家前前后后共花掉医疗费十四万两千四百一十二元，其中农村医保报销了五万四千四百八十六元，自付八万七千九百二十六元，然而，这仅仅只是前期花费，后期每个月还要进行化疗，费用大概在三万元，这一支出对于这个贫困家庭来说，无异于雪上加霜。同时，为了照顾重病的大儿子，母亲杨志远也无法正常务工，全家收入变得极不稳定，在得知这些情况后，由乡村振兴局牵头，几方参与，经过综合研判之后，认为其家庭存在返贫、致贫风险，随后马上申请将其纳入防贫监测户。此后的化疗阶段，除去医保报销额度外，防贫基金又为其家庭一共报销了十五万六千三百余元。

我说，这个人还在吗？

他说，去世了。

我说，他在人生的最后时光，得到了温暖。那么他们这一户还是不是监测户？

他说，已经解除了，夫妻俩可以正常上班了，收入相当稳定，小儿子也快工作了。这一户我们还会密切关注，工作人员会不定期回访。

正说着，工作人员从外面拿来了一堆资料放在我面前，我迅速浏览了一下，资料里面有遵义市各级防贫基金管理办法和防贫监测申请书等，看着一位位村民按下手印的申请表，以及得到的资金数量，我不由得感叹地说，这个防贫基金太好了，原来有的家庭，一旦有人生病，即便是人走了，也欠了一屁股的账，这对他们以后的生活影响相当大。

周支书说，我们村也有类似情况，报销在三万、五万、六万的比较多，像这种超过十万大数额的还没有。

我说，比如说意外事件造成永久性伤害，导致劳动力丧失，这一类的怎么办？

陈辅君说，这种我们就采取防贫基金一直兜到底的办法。

在我们的谈话中，陆续又来了十多位村民，我们随机而谈，了解到这个村国土面积二十二点四平方公里，有耕地三千二百八十亩，林地两千三百二十亩。全村十六岁以上劳动力一千二百六十五人（其中建档立卡劳动力二百三十五人），常年外出务工一千零三十人，在二〇一五年人均可支配收入六千元，二〇二〇年人均可支配收入达八千九百元，二〇二二年人均可支配收入达一万元以上。全村现有二十六个村民组七百九十四户三千一百二十二人，建档立卡户一百六十四户五百三十一人。我在与十多位村民的交流中，知道了他们是以传统种养殖业为主导产业，且规模都不算大，让我感觉到有关一产的内容与其他村大同小异。

我说，这里山高坡陡、土地贫瘠，是制约种养殖的自然因素，你们能不能用一句话说，你们最缺的是什么？

周支书说，我们最缺的是水，我们村在乌江南岸的山顶上，原来是眼睁睁看着下面的乌江水，却得不到利用。

我说，现在解决了吗？

他说，解决了，代价有点大，三级提灌，国家花了不少钱。从今年开始，我们村的种植业将大幅提高产量，收入会进一步加大。

我站了起来说，能达到多少？

他说，在一万的平均收入基础上，再上个三千，应该是没问题的。

我说，那就是说，今年你们村的人均收入将达到一万三？在这样的一个自然条件恶劣的小山村，是一个了不起的成绩。

看着我要离开的样子，周支书说，吃了饭再走？

我才想起中午饭忘了吃，看了看表，已是下午五点钟，我说，谢谢周支书，不吃了。我扭头对陈辅君说，我们只好午饭、晚饭一起吃了。

陈辅君说，下面乌江镇有农家乐，我们就去那里吃。

在乌江镇的一家农家乐，我们一顿狼吞虎咽之后，便与陈辅君同志告别，我今夜要赶到乌蒙山区的黔西县化屋村。从乌江镇到化屋村，有一百四十公里的高速，只需两小时即可到达。这在以往几乎是不可想象的，贵州在二〇一五年，实现了县县通高速，呈网状的高速公路网改变了我们的生活，改变了地域与地域之间的时间距离。如果是在二〇一五年以前，从乌江镇到化屋村，最少有三百公里的路程，至少要花五个小时才能到达，天堑变通途，这是贵州高速发展的缩影。

二〇一七年十月，我创作的红色题材电影《极度危机》在黔西县境内拍摄，我问当地的宣传部部长，哪里最能体现"乌蒙磅礴"？宣传部部长不假思索地说出了化屋村。于是，作为总导演和编剧的我决定在化屋村取景，不想却与化屋村失之交臂，因为取景那天，我在A组拍摄本片最为重要的战争场面，B组从化屋村回来后，给我形容了化屋村的雄峻奇险，还感叹说，他们终于看到了毛主席诗词中所写的"乌蒙磅礴"。我说，要的就是乌蒙磅礴，没有了乌蒙磅礴，怎么能表现中国工农红军二、六军团的艰苦卓绝？虽然我没去，却从宣传部部长口中了解到，在二〇〇八年以前，化屋还是一个十分落后、非常偏远、无人问津的村落，当时这个村路不通，电不通，水不通。化屋村位于乌蒙山腹地，乌江峡谷深处，海拔在八百七十米至一千三百六十米之间，说是一个悬崖下的村寨恰如其分。

那时出村的路只有一条蜿蜒陡峭且十分危险的悬崖小道，名为"手扒岩""毛狗路"，从这条路去到最近的镇上也得走上好几个小时，而村民组和村民组之间，这一户和那一户之间，虽然彼此都看得见、听得到，但如果想真正见上一面，也得走上好半天弯弯曲曲的山路才行。这让村民们都不禁自嘲，生活在这里，是"通讯靠吼、交通靠走、保暖靠抖"。

村里各项基础设施设备的落后，严重制约了化屋村的产业发展，在当时，村里人的主要收入来源基本只有三种渠道：第一，靠传统农业种植农产品；第二，在东风湖水库中捕捞水产进行贩卖；第三，外出打工。

但是，这里处在乌蒙山区的腹地，土地贫瘠是显而易见、众所周知的事，在这一片土地上种植农产品，也仅仅只能是对付温饱了。另外，随着禁渔令的逐渐完善和严格，捕捞水产品也越来越艰难，收入越来越低，如此一来，也就只有外出打工这条路了。在当时，年人均可支配收入不足八百元，直到二〇一二年，化屋村人均可支配收入也只有二千四百五十元，远远低于当时脱贫的最低收入标准，是远近闻名的深度贫困村。

十八大以后的二〇一三年，根据贵州贫困发生率的统计，当时全省贫困发生率为百分之二十点六共七百四十六万人，到二〇一八年时，全省贫困发生率降为百分之四点三共一百五十五万人，二〇一九年底，全省贫困发生率下降为百分之零点八五共三十点八三万人，到二〇二〇年底贫困发生率清零。

而在精准扶贫脱贫攻坚战开始实施的二〇一四年，化屋村二百三十六户九百九十六人，共识别贫困人口一百四十五户六百六十一人，贫困发生率一度达百分之六十六点三。这样的发生率，用"惊人"两个字来形容也不为过，就一般村庄而言，如果达到百分之二十的贫困发生率，就会被认定为深度贫困村，这样看来，化屋村比深度更加深度。

自从精准扶贫全面实施展开以来，化屋村在悄然发生着巨大的变化，党中央的政策好不好，要看老百姓是哭还是笑，化屋村人从愁眉苦脸到眉开眼笑，也就短短五年时间，从人均收入二千四百五十元快速递增到二〇一九年的一万零八百元，彻底撕掉了千百年来贫困的标签，成功出列，不再是贫困村。

如果说，贵州是全国脱贫攻坚的主战场，那么乌蒙山区就是贵州脱贫攻坚的主战场。于我而言，乌蒙山区是比较熟悉的，我曾在这片土地上走村过寨，曾写下过这样的文字——这风这雨，千万年的酸蚀和侵染，剥落出你的瘦骨嶙峋；这天这地，亿万年的隆起与沉陷，构筑了你的万峰成林。这段文字是我对乌蒙山脉地区的最初印象。有了这样的印象，我的长篇小说《绝地逢生》的扉页，便写下了这样的文字：美丽，但极度贫困，这是喀斯特严重石漠化地貌的典型特征，被联合国教科文组织列为"不适合人类居住的地方"。在这样的地方，如何绝地逢生？海雀村从绝对贫困到脱贫致富的事迹就是绝地逢生的样板，我也曾经写过一篇关于海雀村的报告文学《报得三春晖》。这篇报告文学在二〇一八年《人民文学》第三期头条发表后，其微信公众号阅读量三天就达到十万加。可见，读者对脱贫攻坚故事非常关注。

在乌蒙山区走村过寨这么多年，对于化屋村来说，我是比较陌生的，直到二〇二一年二月三日的《新闻联播》上，看到习近平总书记视察贵州，首站就来到了化屋村，我才对化屋村有了一个全面的了解。从新闻报道的数据中，化屋村二〇二一年人均可支配收入已经达到了一万九千三百零四元。这个数据让我大吃一惊，于我而言，对化屋村人均收入的深刻印象，一直是停留在二千四百五十元这个数字上。当时，我就有这样的冲动，想去化屋村看看，一直没有成行，这次可以说终于如愿以偿了。

当我站在化屋村后山的最高处眺望，远处一片苍山如海，万峰成林，近处的悬崖峭壁似刀砍斧劈矗立如屏，好一个磅礴的乌蒙！好一幅如画的江山！按捺不住激荡的心情，这一刻我的脑海里反复闪念着这样的字眼——江山如此多娇，还看今朝！

有了这样的心情，我便兴高采烈地走进了化屋村中，也正是有了这样的心情，在见到年轻的村支部书记许蕾时，并没有严肃地运用采访中我惯常的"四问"，而是罕见地说了一句俏皮话。我说，我见过漂亮的女支书，还没见过这么漂亮的女支书。我以为眼前这位年轻的许蕾同志，会为我这句话而羞涩一下，出乎意料的是，她却莞尔一笑，落落大方，她说，这回终于看到真人了，原来都是在电视新闻上看到您，您的电视剧《伟大的转折》《花繁叶茂》我都看过。

我笑了起来说，关键你要看过电影《极度危机》。

她也笑起来说，看过，看过。电影一开头，就是我们化屋村的大山。

有了这样的开头，那么我那个严肃的"四问"便能在轻松的氛围中一问一答。在她的回答中，我竟然几乎没有什么可挑剔的，而我可是一个喜欢挑剔的人。

从她的叙述中了解到，这里是黔西县新仁苗族乡，地处百里乌江画廊鸭池河大峡谷，素有"鸡鸣三县"之称。全村总面积八点二平方公里，辖一百九十七户一千零三十五人，居住着苗、彝、汉三个民族，其中苗族人口占百分之九十八。曾被授予"中国民间文化艺术之乡""全国先进基层党组织"称号，入选第三批全国乡村旅游重点村名单，"第二批全国乡村治理示范乡村"等等。

看着她自信而从容的介绍，我脑海里闪出一句话——我见过能说的女支书，没见过这么能说的女支书。不过，我并没有说出这句话来，毕竟这时候说出来并不幽默。她对化屋村可谓了然于胸，说起如何巩固拓展脱贫攻坚成果，与乡村振兴有效衔接，如数家珍。对中央、省市有关脱贫攻坚和乡村振兴的各项政策、具体抓手更是了然于胸,娓娓道来。我的"四问"在她的回答中,可谓有理有据,无可挑剔。

我这个人就是这样,对于无可挑剔的东西,喜欢刨根问底,来印证"说得好"和"干得好"是否一致。

那么与老百姓随机谈心和走访,便是最有效的印证方法。

见到化屋村村民杨龙时,我选择了这样的询问,我说,你能不能说说你与化屋村的昨天、今天?

他很腼腆,似乎有点不善言辞,在他断断续续的叙述中,我还是基本上听明白了。在以前,外面的人都调侃化屋村为"火烧寨",以前村里全是茅草房、土墙房,见缝插针地紧挨着,形成一个杂乱无序的村落。村里一共发生过两次大火,一次是在他出生的那一年,整个村子被大火烧得只剩下三户,第二次是他十岁的那一年,大火烧掉了村里三分之一的房屋。那时候,村里只有两条宽约三米、长约一百余米的石板路,路面坑坑洼洼,牛羊鸡鸭到处乱窜,臭气熏天。那时候,化屋村没有任何一条公路,村民们出行十分危险困难,他们需要徒手攀爬一面笔直陡峭的崖壁,才能上到一条弯曲狭窄的山路上,即便是去一趟隔得最近的镇上,来回也要六个小时的时间。一九九三年东风水电站竣工之后,江水水位上涨,化屋村大部分人搬迁到黔西县周边进行安置,另外一部分村民不舍故土,没有搬迁,于是只好就地向坡上后移安置。

说起以前的苦日子,杨龙一脸的无奈,他回忆在读小学、初中的时候,十分感慨。由于上学路途遥远,他只能带一碗糙米饭,或者是土豆和红苕,中午吃饭的时候,他说他很自卑,总是躲在一个角落里面吃,生怕别人看见。他害怕同学看见他手上的那碗糙米饭,这碗饭,仅仅加了些粗盐,再倒一些水搅拌均匀就可以吃了，它寒酸得甚至连辣椒面都没有。二〇〇五年，他如愿以偿考入了一所音乐院校，父母东拼西凑攒够了学费，才使得他踏上武汉求学的道路，没想到在暑假打工的时候，他弄断了手指，只好遗憾辍学。从此，他走上了外出务工的人生之路。

他叙述的事情很沉重，似乎有自卑的意味，但他的脸上却一直带着笑容，有着这样灿烂的笑容，可以说，他的内心无比强大。他个子不高，显得有些孱弱，眼神中却透露出一种异常的坚韧。

他的笑似乎感染了我，也从沉重的话题中轻松起来，我指着他说，看你笑得这么好看，现在心里一定乐开了花吧？我想知道，你是怎么回来的？今天的日子怎么会让你过得这么高兴？

他说，他在二〇一二年就回到了化屋村，那个时候，化屋村已经渐渐地发生了很大的变化，回家的公路也已修通了，很多人开始在江边码头做生意。既然家乡有了创业的条件，他也就不愿意再离开自己的家乡。

我说，在村里，你现在具体在做什么？

他说，我做了两栋民宿，一家叫"花都里"，一家叫"山水云间"。

我说，哎，这个不得了，你还做起民宿了，投入不小吧？收入也不少吧？

他嘿嘿地笑了起来说，不多，不多，收入还可以吧。

我指着他，开玩笑地说，你这个同志，自我保护的意识还是很强嘛，你这是钱财不外露是吧？放心，我可不是隔壁老王，你可以大胆地说，理直气壮地说，这都是你自己挣的嘛。

他又开始腼腆起来，有些不好意思地说，不多，不多，一年也就三四十万。

我学着他说，不多不多，才三四十万，到底是三十？还是四十万？我看你还是谦虚了吧？

他连连摇手说，再多也多不了多少了，反正是四十万左右吧。

我说，你知道你们县长的工资是多少吗？你们的市长又是多少钱吗？

他摇摇头说，不知道。

我笑了起来，伸出大拇指对他说，你不得了啊！你们县长一个月的工资最多也就八千多元，市长的工资也就一万多一点，你比他们可厉害多了！

他扬起了笑脸，却分明让我感觉到他的眼睛里有泪花闪烁，他说，我活了四十年，现在是我过得最好的日子。

告别杨龙后，我的心情非常愉悦，来到了江边码头，码头的对岸是一排排高大的悬崖峭壁，显得异常峻峭雄伟，一条碧蓝的大江在其下向东奔流，码头的广场上，人头攒动，许多游客在广场上逗留拍照。这时候，我的脑海闪现出《新闻联播》中的画面，习近平总书记在眼前这个广场上，向载歌载舞的苗族同胞挥手，以及苗族同胞们那一张张扬起的笑脸。

见到村民尤荣学就是在广场上，我便与他聊了起来，在尤荣学的记忆中，他从小便和父母居住在三间茅草房中，那时候，只要外面下大雨，屋里就下小雨，全家人吃不好、穿不好。贫寒窘迫的生活让尤荣学从小就生出外出打工赚钱，把家中房子修大修好的念头。我问他，你的房子修大了没有？他说，大了，大了。

我说，在外面打工也不错，你为什么回来了呢？

他说，我上有老、下有小，能回家乡创业，是我最大的心愿。

我说，一家人能在一起，这是人生中最大的幸福。你回乡以后，具体在干什么呢？

他说，一家三兄弟在银行贷款，自己的积蓄也凑在了一起，用一百万购买了两艘游船搞旅游。

我说，今年的收入是多少？

他说，来化屋旅游的人逐年增多，今年春节期间，每天大概有八千多人来我们化屋村旅游，我们三兄弟每人去年的纯收入是三十万元。

我说，那你不是银行贷款都还完了？

他说，早就还完了。

我左右看了看来往走动的游客说，那么今年的收入，你们家的收入岂不是要翻几番？

他说，几番不敢说，翻一番应该没问题。

听他这么一说，我感觉到他和杨龙等人可能是化屋村创业的佼佼者，化屋村目前的人均收入是多少，我还没来得及问，赶紧打电话给村支书许蕾，希望能与村民来一个院坝会，找从事各种行业的村民。她欣然同意并找来了十多位村民，我们进行了随机座谈。其中有搞种植业、养殖业的，有从事苗绣生产加工的，有从事特色食品加工的，有经营农家乐餐馆的，还有歌舞表演的等等。经过一下午的座谈，了解到化屋村的一产可谓丰富多彩，各种山地特色农业产品琳琅满目，二产也粗具雏形，苗绣加工形成产业链，特色食品加工逐渐形成，三产可谓井喷式可持续发展，目前，化屋村年人均收入已达到了令我惊讶的二万五千余元。

座谈之后，我去了苗绣加工厂，去了特色食品黄粑加工点，喝到了化屋村矿泉水，品了一杯化屋村迎宾酒……

在这一番的调研中，不经意之间，我听见有村民喊许蕾同志为副乡长，这样的称呼似乎唤醒了我的记忆，在我关注有关化屋村的新闻报道中，确实有一位副乡长叫许蕾，还是二十大代表，习近平总书记来到化屋村时，有一些基本情况是她在解说，记得有篇报道介绍——"给总书记解说的新仁乡副乡长许蕾记忆深刻：'总书记当时说，就业是巩固脱贫攻坚成果的基本措施，要积极发展乡村产业，方便群众在家门口就业，让群众既有收入，又能兼顾家庭，把孩子教育培养好。'"

有了这样的记忆，我说了一句我昨天刚到化屋村时，许蕾同志曾经对我说的话，我说，我终于看到真人了。像你这种副乡长来任村支书的，罕见，罕见。

旁边有村民说，她现在是我们新仁乡的副书记。

我说，像化屋村这样的村，名气实在太大，不仅要保证脱贫攻坚成果，还要在乡村振兴中再立新功。压力很大吧？

她说，我向组织上主动请缨来化屋村当支书，就是决心把化屋村的乡亲们当亲人，把乡亲们的事当家事。

我伸出了大拇指向她致敬。我这样问她，她如果慷慨激昂、长篇大论地回答我，我会听，但不会伸出大拇指，她的"亲人和家事"这两句朴实无华的心声，值得让人尊敬。

我们正聊着，广场那边响起了歌舞之声，她说，这是歌舞队在表演，我们去看看吗？

我说，当然。

在看表演的时候，我看见了一位瘦弱的身躯在舞台上，吹起芦笙，跳起芦笙舞来，显得那样刚劲有力。

我扭头对许蕾同志说，哎，这不是杨龙吗？

她说，就是他，您看不出他是癌症患者吧？

我大吃一惊，他是癌症患者？我不由得想起与他交谈时，他扬起的那一张笑脸和坚韧的神色。这太不可思议了，我不由得感慨万分。

许蕾说，他每天在这里表演节目，身体越来越好了。

这时候，杨龙正带着表演队在舞台上谢幕，我看着他满脸的笑容说，他身心如此愉悦，这是所有药物所不可能达到的。

当杨龙再次登台表演时，我已经离开了化屋村，前往黔西南州的晴隆县的三宝彝族乡了。晴隆县我是非常熟悉的，为了创作和拍摄抗战题材电视剧《二十四道拐》，我曾经多次来到晴隆。从创作剧本到拍摄，前前后后在晴隆历时三年之久，因此，三宝乡我是比较了解的，三宝乡下辖三宝、大坪、干塘三个行政村十九个村民组，总人口一千二百三十三户五千八百五十三人，其中彝族占百分之二十六点四，苗族占百分之七十二点三，汉族占百分之一点三，少数民族占总人口的百分之九十八点七，其贫困状况主要体现在以下几个方面：一是贫困程度深，在二〇一六年底，全乡有贫困人口六百九十六户三千三百九十三人，贫困发生率高达百分之六十六点一六。这样的贫困发生率只比化屋村的贫困发生率百分之六十六点三少了百分之零点一四。就贫困发生率而言，在全省化屋村第一，那么三宝乡就是第二；二是基础条件差，三宝乡地处滇桂黔石漠化连片特困地区，山高坡陡、谷深水浅，气候高寒，土地贫瘠分散，坡度低于十五度的耕地，人均仅零点一一亩，在二〇一六年之前，全乡六个自然村寨道路未硬化，工程性缺水严重，人畜饮水困难，属于典型的"一方水土养不起一方人"的地区；三是产业基础薄弱，全乡的产业结构单一，仅有一产，二、三产根本就无从谈起。农业也以传统种植、养殖业为主，缺乏农产品深加工企业和引领性强的龙头企业；四是公共服务滞后，全乡仅有一所学校，三个教学点，无公立幼儿园、实验室、多媒体室、图书室和学生宿舍等；乡卫生院无执业医师，医务人员人均服务群众八百三十六人，村卫生室无稳定医务人员；五是文化素质低，全乡四十岁以上村民几乎都是文盲、半文盲，全乡三千一百五十一名劳动力中，小学以下（含文盲或半文盲）文化程度占百分之六十九点六，初中文化程度占百分之二十二，高中（中职）文化程度占百分之五点四，大专以上文化程度仅为百分之三，外出务工人员中多数都是从事技术含量低的重体力工作；六是思想观念落后，由于交通不便，群众出行难，对外信息交流、人员交往等方面严重不足。多数群众长期封闭于深山中，与外界交流极少，群众接受新思想、新观念、新知识、新技能的能力弱，自我发展意识淡薄，"等、靠、要"的思想严重，同时婚育观念落后，制约了人口总体素质的提升，这些都严重束缚了群众的生产生活和内生动力。

二〇一六年八月，三宝彝族乡被列为极度贫困乡，贵州省委、省人民政府部署，以省、州、县、乡、村"五级联动"成立三宝乡极贫乡镇定点包干脱贫攻坚指挥部，组建前线工作队驻乡指导开展工作，经过深入分析、反复论证，在二〇一七年六月，最终确定把"整乡搬迁"作为三宝乡脱贫攻坚的主要路径，采取在晴隆县城集中安置方式，大力实施新市民计划，通过产业配套、教育帮扶、医疗保障、就业培训等措施，力争让三宝乡贫困群众"在县城住上新房子，在老家分到钱票子，充分就业过上好日子"。

有了目标还要有科学的方法、有力的措施、具体的抓手，在经过充分调研和论证后，指挥部以"政策设计、工作部署、干部培训、监督检查、追责问责"这"五步工作法"为全力推进整乡搬迁、战胜深度贫困、完成目标的重要方法，可以说，"五步工作法"正是打赢三宝极贫乡脱贫攻坚战的制胜法宝。

三宝乡整乡搬迁，可以说是全国脱贫攻坚战中的壮举。一个乡成建制地整体搬迁，可以说，这在全国绝无仅有。

农民变市民，这是一个重大的时代课题，在晴隆县设立三宝社区，可谓是集全省之力来解答这个课题。

对于搬迁来说，怎样安居最为重要，围绕着"整乡搬迁"的奋斗目标，为了三宝乡群众"搬出尊严""搬出自信"，花了近一年的时间，累计召开"群众会、院坝会"等一百余场，达成最广泛的共识。科学选址是安居的基础，最终在县城西边最好的一块地段，以一千三百四十亩的规模建设了"阿妹戚托"特色小镇安置点。这个地段毗邻国道、临界高速，在"二十四道拐山地旅游景区"辐射范围内，具备较好的发展空间。主体建筑群充分尊重三宝彝族乡彝、苗两大民族风俗习惯，整体按照彝、苗两大元素风格布局，打造彝乡苗寨，盘活三宝乡国家非物质文化遗产"阿妹戚托"这张名片，同步配套社区商业、民宿酒店、文化演艺、小微创业园等，实现"群众增收"和"家园美丽"双促进。

为免除搬迁群众的后顾之忧，经充分研究动员，分两批将三宝学校七百二十四名学生搬迁到县城第三中学寄宿制学校就读，新建第四幼儿园、第六小学、第六初级中学、特殊教育学校，进一步保障搬迁学生就读。

搬得出、稳得住，就业是基础。社区实施"一户一就业"工程，通过建设安置点产业园、小微创业园、新增公共服务岗位、生态护林员，开发建筑、环卫、家政、保安、旅游等行业就业岗位的方式，多渠道保障群众就业创业。为引导搬迁群众改变传统生活方式，尽快适应城市新生活，按照"一户一培训"的要求，制定出台了《三宝彝族乡易地扶贫搬迁"新市民"培养实施方案》，分期分批对有劳动力的三千一百五十一名新市民进行"订单式"培训，确保培训一人、就业一人、脱贫一户。

搬得出、稳得住，还要能致富，发展产业是根本。紧扣"不愁吃、不愁穿"基本要求，用好用活省级财政统贷统还的极贫乡

（镇）脱贫攻坚子基金政策。在迁出地，投入基金三千两百万元，采取"公司加合作社加农户"模式，成立三宝彝族脱贫攻坚平台公司，按照耕地、宅基地两百至四百元/（亩·年）、林地八十至一百元/（亩·年）对搬迁群众土地进行保底流转，统一实行公司化经营、项目化运作，引进贵州唛纳生态养殖公司、晴隆畜牧业开发有限公司、普白珍稀植物公司等在全乡范围内发展肉牛、土鸡、天麻三大产业，盘活迁出地，让搬迁群众"在老家分到钱票子"。在迁入地，投入基金两亿四千八百万元，建设产业园，引进服饰鞋帽加工等劳动密集型产业，解决搬迁群众稳定就业，同时结合山地旅游配套社区商业，布局旅游业态，将"阿妹戚托"小镇建设成民族文化旅游脱贫示范点，让贫困群众在传承和发展民族文化中增收脱贫。目前，产业园已入驻企业八家，可提供一千个岗位，已解决五百八十四名搬迁群众就业，带动"居家就业"两百七十二人。

从实际出发，以人为本，紧扣新市民基本生活、户籍管理、住房权益等，实施一系列的保障措施，对搬迁新市民落实"城乡居民基本医疗保险、大病保险、民政医疗救助"三重医疗保障政策，贫困人口参保率达到百分之百，在县内及州级公立医院住院实行"先诊疗、后付费"，合规费用报销达到百分之百。在安置点投资三百六十万元，规划建设县人民医院"阿妹戚托"小镇分院。创新开展了农村低保转城市低保工作，目前办理了五百九十二户两千六百八十二人；创新并推行居住证管理制度，实现新市民居住证办理全覆盖，使搬迁群众同等享受县城居民各项权益；启动了实施新市民"安居险"，夯实新市民财产、人身权益保障；拓宽了养老保险参保渠道，搬迁群众可以自愿选择参加城乡居民养老保险或者城镇职工养老保险，对两种险种账户合二为一，让搬迁群众享受同城化待遇。

可以说，这样的解答课题，充分说明了始终把人民放在第一位的执政理念，深入人心。从二〇一九年到二〇二一年，我曾经无数次到过三宝社区走访，在采访中，从搬迁群众那一张张扬起的笑脸中，深切感受到了他们的获得感、幸福感、安全感。时至今日，有一年多未到三宝社区了。乡村振兴局的同志介绍说，整乡搬迁，可谓时间紧、任务重，不仅要管当前，更要管长远。搬得出、稳得住，关键还要能致富。

现在看来，搬得出已经不是问题了，稳得住也不是问题，要致富，在我看来是任重而道远。那么再次走访社区居民，便是我的不二选择。我首先去的，是文安洪师傅家里，文师傅今年四十八岁了，自从几年前搬迁到县城以后，最初一直以打零工为主，后来街道成立了一家物业公司，文师傅凭着娴熟的技能，成功应聘成为该公司维修组的组长。几年时间中，他又成立了一支小施工队，现在，他成了我们俗称的"包工头"。

我问文师傅，每个月收入多少？

可能是因为房间里面人比较多，文师傅听后有些腼腆地笑起来，不自觉地搓着手，似乎不好意思说出口。这时候，我看向周吉同志，希望从他那里得到真实情况。他是我省文联财务处副处长，三年前下派到这里的扶贫驻村干部，任三宝社区的第一书记。既然他都来这里三年了，应该了解文师傅家庭的收入情况。他对文师傅说，不要不好意思嘛，我来替你说，你文师傅一个人的月收入基本上达到万元，如果再把你爱人的牛肉馆收入算进来，那么你们家每个月至少有两万元左右的净收入。

文师傅似乎像露了财一样，有些不好意思地笑了起来，他感慨地说，年轻的时候我也出去打过工，那时候比现在累得多，可每个月到手的那点钱，又哪能和现在比？今天的收入换做以前，根本是不敢想的啊！

见到的第二位搬迁户是吴为康，他是一位很年轻的小伙子，二〇一七年才搬进县城来的时候，根本还不知道自己要干些什么，后来在乡村振兴局、街道和社区等部门工作人员的关心帮助下，成功申请到了小额无息贷款，用于发展本地黑山羊养殖产业。

我问他，今天养了多少只羊？

小吴说，接近五百只了。

听他这么一说，我很惊讶，扳着指头我给他算了一笔账，以一只母羊六十斤、公羊七十斤，每斤羊肉三十五元来计算的话，那么一只羊可以卖到二千一百元至二千四百五十元，如果一年卖出一百只羊，那么这一年的毛收入至少有二十余万元。

小吴点点头，又补了一句，我一年不止卖一百只羊，至少一百五十只，多的时候两百只都有。

这话一说，大家都由衷地笑了起来。

产业振兴是三宝社区群众的物质基础保障，有了这样的保障，才谈得上稳得住、能致富。参观三宝工业园区内的贵州建隆新能源汽车有限责任公司的过程中，了解到这是一家专业致力于电动三轮车、电动四轮车、电动汽车等系列产品研发、生产、销售、服务于一体的大型高新科技企业，已获得十五项实用新型专利及一项发明专利，并已形成年产八万辆新能源汽车的生产规模。拥有一万五千平方米的厂房，整车装配有四条流水线，冲压、焊接、涂装、总装四大工艺齐全。公司可解决就业三百人，惠及了搬迁户的就近就业问题。近两年来，这家公司相继荣获"脱贫攻坚模范企业""就业扶贫车间""省级就业扶贫示范基地""黔西南州先进就业扶贫基地""千企帮千村精准扶贫行动先进民营企业"

等称号。

解决搬迁户就近就业的企业，还有晴隆县龙发服饰有限责任公司，它坐落于晴隆县阿妹戚托小镇内，厂房达三千平方米，生产线十二条，年产能力可达三十万件，实现年产值三千余万元。作为黔西南布依族苗族自治州招商引资项目及创业孵化示范基地，从投产以来，这家公司提供了附近三百余名搬迁群众的就业岗位，在一定程度上解决了三宝乡整体搬迁户的就业问题，同时促进当地经济发展，实现产业扶贫和为脱贫攻坚贡献力量。

薏仁米是这一带的特色农业产品，在搬迁户的搬迁地曾大量种植，经过评估，整合几家薏仁米加工小作坊，成立了贵州薏芝坊产业开发有限责任公司，在三宝工业园区建厂，进行深加工，提升竞争能力。二〇二二年，这家厂收购了农户薏仁米一万六千零三十六吨，收购金额达一亿三千零八十九万元，目前销售产值达到一亿三千万元，市场和价格逐渐向好发展，前景可观。这一时期向脱贫户五百一十五户、二千三百一十七人分红一百八十万元，带动脱贫户就近就业，工厂工人月平均工资四千五百元，年人均增收五万四千元；另外，带动薏仁米种植基地农户两万五千户，辐射带动全县六万亩薏仁米种植，年户均增收一万零八十元，向当地务工人员发放工资共达九百六十九万六千八百九十元。公司成立至今，先后荣获"全国商贸流通服务业先进集体""贵州省级农业产业化重点龙头企业""省级扶贫龙头企业"等荣誉。

为了高质量实现"搬得出，稳得住，能致富"，招商引资一家民宿酒店，投资两亿元，在晴隆县阿妹戚托小镇内建设打造了中天智选假日酒店，酒店内非管理层的员工，百分之九十均为三宝乡的搬迁群众。

晴隆县森林覆盖率高，是天然氧吧。有国家一级文物保护单位二十四道拐公路、三宝彝族火把节等优质文化资源,拥有自然和人文双重生态,蕴藏着巨大的发展潜能。但是在以前,由于县城内缺乏现代化经营、规范化管理的酒店,大部分游客只是短暂的半日游,对当地的经济助推作用并不明显。现在,这家酒店对当地文旅产业的带动效果明显,成为黔西南州及周边重要的商务活动首选地。

由于参观了几家企业,时间有些晚了,干脆就入住了这家民宿精品酒店,在与酒店服务员卢花花交谈时,了解到她是三个孩子的妈妈,搬迁前她在家务农,生活不仅苦,收入更是微薄。她说,在这里可以学到很多,比起以前在山里干农活,在酒店的工作很开心、很幸福,生活也更有保障。另一位服务员罗碧云,一谈起今天的生活,更是笑得合不拢嘴,她说,以前一家人的经济收入全部都靠丈夫外出打工,夫妻父子长期分离不说,日子还过得紧巴巴的,一年到头,地里面不管是种苞谷,还是薏仁米,收成都不足八百斤。一日三餐永远都是苞谷饭、酸菜豆米。只有逢年过节,才敢杀一头年猪,打打牙祭开开荤。现在,不仅每月按时领工资,还能在家门口上班,罗碧云很满足。可以说,这一家民宿精品酒店,让来自搬迁点的当地群众在"搬得出,稳得住,能致富"的道路上,又迈出了坚实一步。

晚上,周吉带着我在灯火辉煌的阿妹戚托小镇里行走,街道上的特色小吃摊点琳琅满目。这时,我想起了今天中午见到搬迁户吴为康时的情景。当他说到满山跑的黑山羊时,自豪地说,我们这里的山大,植被好,可以说,我养的羊,它们吃的是中草药,喝的是矿泉水,这样的肉质,太好吃了!我说,我吃过黑山羊,确实好吃。有了这样的记忆,我便问周吉,这里有卖黑山羊的小吃店吗?他说有的,我带你去。

到了黑山羊馆，我们坐了下来，点了一个火锅。我从包里掏出一瓶酒来对周吉说，今天是星期天，休息日，你来这里扶贫三年了，很辛苦，今天算我慰问你，我请你喝酒。

他说，谢谢主席，我不能喝酒，在这里扶贫的干部按规定都不能喝酒。

我赶紧把酒收了起来，指着火锅说，这黑山羊我买单。

他说，你来到这里了，应该是我买单才对。

我武断地说，我比你大二十岁，都说，长者赐，不可辞。

虽然没有喝酒，但是我们也酣畅淋漓地大吃了一顿黑山羊。

第二天的清早，我叫醒了驾驶员，准备驱车前往黔西南布依族苗族自治州的兴义市。驾驶员小王有些犹豫地说，周吉说，他要来送你。

我说，他这么忙，就不拘此俗礼了，我们走。

到了兴义市，我走访了几个村，觉得意犹未尽，我对乡村振兴局的同志说，我知道兴义市有一个南龙古寨，那里我去过，还有没有类似这种的古寨？

他说，有，叫普梯村，有五百年历史了。

我说，那好，我们就去普梯村。

据了解，普梯村地处兴义市乌沙镇西北部，位于云贵两省交界处的黄泥河畔，与云南省富源县的十八连山镇隔河相望，在精准扶贫才开始实施阶段，这个村被划定为一类贫困村，经过短短三年的扶贫攻坚后，于二〇一七年出列，成了生态美、百姓富的模范村。

我们首先来到普梯村的普梯组，它坐落于龙泉河畔，村庄处在山腰斜坡地带，村内道路、巷道多为石梯坎连接，这也是"普梯"名字的由来。这个村民组都是布依族，现有居民九十八户四百零四人，是一座集古生物化石、少数民族特色古墙古建筑、茶马古道、金丝榔古树、天生古桥、原生态古井，简称"六古文化"为一体的自然村落。

普梯组的这些古墙民居全部建于民国年间，规模大、数量多，当时这里的民居建筑材料分为三部分，基础部分为当地自然山石，外墙部分取材于当地水稻田泥土，内部建筑主要为当地的优质杉木。外墙的稻田泥土经过村民用脚踩踏夯实后，用线切成土砖垒砌而成。这些泥土呈黄色，因此呈现出一片金黄的颜色，在青山映衬下，尤为美丽壮观。

普梯村现在仍保留着茶马古道贵州至云南的连接段，该段古道由石梯铺设，在中华人民共和国成立前，主要是以马帮为主要交通工具的民间国际商贸通道，是中国西南民族经济文化交流的走廊。可以说，茶马古道是一个非常特殊的地域称谓，是一条世界上自然风光最壮观，文化最为神秘的旅游绝品线路，这条古道蕴藏着挖掘不尽的文化遗产。

在这茫茫青山中，还生长着国家二级保护树种金丝榔，据最新统计，普梯村里有三百余亩一千四百余棵，其中，百年以上的有四十余棵，五百年以上的有十余棵。之所以今天还有这么多古树，也得益于当地布依族群众把金丝榔当成寨子的风水树来保护，他们认为，敬山、敬水、敬树就是在传承文明，保护好金丝榔林木就是保护财富。

金丝榔属于榉木的一种，榉木又分为红榉、血榉、白榉、黄榉等，而金丝榔是榉木中的极品。这种木材的树皮灰褐色至深灰色，其木材致密坚硬、耐腐力强、纹理美观，不易伸缩与反翘，因老树材常带红色，故有"血榉"之称，是供造船、桥梁、车辆、家具、器械等用的上等木材。《新修本草》和《全国中草药汇编》

记载榉树的树皮和叶入药，具有清热解毒、止血、利水、安胎的功效，主治感冒发热、便血、妊娠腹痛、疮疡肿痛等症状。古时候上自士绅门第，下至平民百姓，均种植榉树于房前屋后，取意"中举"之意。

一九九八年，为了保护这些珍贵的树种，乌沙镇便对普梯村的天然榉木林进行了保护专题调查。在普梯村河沟边和山背后存在着一片幼树与古树共存的榉木天然林，为保证榉木幼树不受人为因素的破坏，能正常地生长，使得其发挥长远的经济效益、社会效益及生态效益，保证榉木古树不被乱砍滥伐及防止偷盗行为发生，因此特对榉木天然林进行专门调查，以制定保护措施和规划。根据《贵州省县级森林资源调查工作》，对乌沙镇普梯村、普梯村民组寨门口、河沟、山地进行调查，通过调查，普梯村针对村里的林地做出了相应的保护措施，因此设立了榉木自然保护区。

在普梯村普梯组开院坝会的时候，村民们给我讲了一个故事。在二十世纪八十年代，有一位台湾富商偶然来到普梯组，看中了最大的两棵金丝榔树，当时他承诺给普梯组的群众，每家一台电视机，另外还帮助他们将水泥硬化道路修通到村寨门口。在当年，这可具有极大的诱惑了。就在富商认为十拿九稳的时候，村里经过讨论，一致拒绝了这位富商。在村里人看来，虽然我们现在很穷，但是老祖宗留下来的，绝不能买卖。金钱、物质财富只要发奋努力都可能会得到，但古树被挖走，那可是什么都换不回来的。

在交谈中了解到，除了榉木自然保护区，普梯村同时还是兴西湖水库饮用水水源保护区，其饮用水集中式取水点位置位于兴西湖大坝上游约两百米处中心区，一级保护区以兴西湖大坝南岸下游五十米为起点，南跨坝下河面与南岸起点闭合，总面积约八平方公里。二级保护区界线以兴西湖大坝南岸下游五十米为起点，总面积十二平方公里。另外，普梯村还处于省级风景名胜区鲁布格风景名胜区的深谷湖景区境内，在这个原始深谷湖里，湖水两岸峭岩突兀，参差嶙峋，形如流云飞渡，林木繁茂，苍翠葱茏，一株株雄壮黝黑的古树耸立在两边的峭壁上，树干粗壮、遒劲，四周奇花异草，景象万千。树丛里生长有血藤、红五加、巴岩香、白龙须、小黄草、四块瓦和兰草等数十种中草药和名贵花卉，还生活着黑腹锦鸡、红腹锦鸡、猕猴、飞虎、獐子等珍禽走兽，真是一个动植物的天然宝库。

在普梯村的山上，生长着珍贵的金丝榔林木，而在这片林木之下，还埋藏着堪称国宝级的文物，那就是曾经发掘出土过数量众多的贵州龙化石，以及多种三叠纪海生动物化石。所以，除了榉木天然保护区和水源保护区之外，普梯村还是国家地质公园（贵州龙）保护区，并成为贵州龙化石的重点保护区域。

在乌沙镇一百三十九点三二平方公里的国土面积中，因岔江、革里、革居、谢米、泥麦古等地的地层中，广泛分布着乌沙安顺龙、兴义鸥龙、杨氏幻龙、海百合等丰富的海生动物化石，有九十余平方公里被规划为贵州兴义国家地质公园景区。

乌沙镇境内的普梯、岔江、革里、革居、谢米、泥麦古等地，鱼龙类、鳍龙类、海龙类、长颈龙类、鱼类等足类、海百合、虾及其他无脊椎动物化石分布广泛，数量巨大，属种丰富，保存精美，具有极其重要的科学研究价值。

贵州兴义是我国最早的三叠纪海生爬行动物化石的产地，早在一九五八年，发现于兴义市顶效镇绿荫村的鳍龙类肿肋龙科分支——胡氏贵州龙，揭开了我国海生爬行动物研究的序幕。

一九五七年五月，地质部陈列馆（现中国地质博物馆）的胡承志先生从云南到贵州，在浪慕山发现一种类似于蜥蜴的小型爬行动物化石。这种神秘的古生物化石引起了他浓厚的兴趣，因为在他的记忆中并没有见到过，更别说对其进行详细分类了。他随即采集了八块化石带回北京交给中国科学院古脊椎动物与古人类研究所所长杨钟健教授。其后贵州博物馆的曹泽田等人再次来到同一地点，经过一番努力，又采集到另外七块标本带回北京。经过杨钟健的仔细研究，识别出来这是一种从未命名的肿肋化石，属鳍龙目中的"老八代"（贵州土语，辈分老的意思），在中国甚至整个亚洲都是首次发现，并将其命名为"胡氏贵州龙"，以纪念贵州龙标本的贡献者胡承志。他还根据胡氏贵州龙进化的特异程度，推断胡氏贵州龙的地质年代为中、晚三叠纪。此后，国内科研人员在同一地区采集到大量贵州龙化石的同时，又发现了不少鱼类化石，分别命名为"东方肋鳞鱼""贵州中华真鳄鱼""兴义亚洲鳞齿鱼"等。

一九九五年四月下旬，经中科院古脊椎动物与古人类研究所教授赵喜进、副研究员金帆、助理研究员君昌等组成的专家组鉴定，将其中二百二十六件定为国家级珍贵文物，其中一级龙化石十七件，二级三十五件，三级一百一十二件，二、三级鱼化石六十二件。《光明日报》同年五月二十一日头版头条以《世界罕见的重大科学发现，贵州龙化石被认定》作报道后，国内外广播、电视、报刊亦进行了大量报道，从此贵州龙成为大名远扬的大明星。

北京大学地球与空间科学学院（北京大学地质博物馆）二〇〇〇年在乌沙建立了教学科研实习基地。中国、美国、意大利等国的研究人员于二〇〇八年九月一日至四日，对乌沙三叠纪海相地层古生物进行考察后认为，乌沙地区三叠纪海生动物化石不仅精美、奇特，是举世罕见的"自然遗产"和资源，而且更具有极其重要的科学研究价值，不仅是我国而且是世界上罕见的珍稀化石标本，正如北京大学地球与空间科学学院史前生命与环境研究所地质博物馆馆长、教授江大勇所说的"我们博物馆研究的'贵州龙'绝大多数是乌沙出土的"一样，已受到国际科考界的强烈关注。

我是地质队员出身，对于这样的话题尤为感兴趣，记得在二十世纪九十年代初，盗卖化石猖獗。我的同行中，曾有人把学到的专业知识，运用到了挖掘、盗卖化石的行列中，获取暴利。之后，在国家强烈打击盗卖化石的专项行动中，轻则罚款、重则判刑的人不少。说实话，在当时的贵阳花鸟市场，我也曾经购买过不少的海百合、贵州龙、东方肋鳞鱼、中华真鳄鱼、亚洲鳞齿鱼等，目的是让这些珍贵的化石不流向国外，后来，出于地质职业的爱好，收藏了几件外，其余的都捐献给了一〇三地质队矿物博物馆和贵州地矿局地质矿物博物馆。一九九五年之后，兴义、关岭一带的三叠纪动植物化石群被列为国家地质公园，盗卖化石才逐渐得到了有效遏制。

有了这样共同的话题，院坝会开始热闹起来，大家七嘴八舌，纷纷发言。

我开玩笑地说，你们这里地上有宝，地下有宝。你们说说老实话，当年你们是不是也挖掘过化石？盗卖过化石？这东西当时可贵了，一件化石可能就是你们几年的收入。

村支书郭成林说，那时候我还不是支书，但是我知道，在我们村就没有挖化石和贩卖化石的。地上的宝和地下的宝都是老祖宗留下来的，我们村的老辈人历来就告诉我们，敬山、敬水、敬树，只要是地上和地下的东西，不能随意攫取。

我点点头说，是啊，敬畏大自然，就会得到大自然的回报，这就是"绿水青山就是金山银山"，你们现在不是也过得很好吗？

郭支书说，感谢党中央的政策好，我们村在二〇一二年以前，人均收入只有二千一百三十元，实施精准扶贫后的第一年，我们村就增加到了三千二百五十元，到二〇一七年，达到了六千八百九十元，退出了贫困村的行列，到二〇二〇年，我们村已超过万元，达到了一万一千二百八十元，到去年的二〇二二年，我们村人均收入达到了一万五千五百零六元。

看着郭支书那张自豪的脸，我想起了一句话，一个村富不富，关键看支部，支部强不强，关键看领头羊。郭支书就是带领村民致富的领头羊。

我拍了拍郭支书的肩膀说，你这个领头羊不得了啊，你们既保住了绿水青山，坚持住了保护生态的底线，还能达到人均一万五千多的收入，了不得啊！

见我说起郭支书，村民七嘴八舌也说起了他。

郭成林于一九七三年一月出生，自从他在普梯村工作以来，带领全村群众发展特色种养殖产业增收致富，从二〇一二年人均收入不到三千元至二〇二二年人均收入超过一万五千元，从省级一类贫困村实现整村脱贫出列，可以说，郭成林与村民们一起见证了普梯村这十年日新月异的乡村巨变，他先后被授予"全省脱贫攻坚优秀共产党员""贵州省民族团结进步模范个人""贵州省劳动模范荣誉称号"等荣誉称号。

十多年前，郭成林靠经营自家的两辆客运中巴率先过上了小康生活，年纯收入就已经超过二十万元。他率先致富了，并没有忘记乡亲们，作为一名党员，他的理想是带领全村人致富。可是当时的普梯村路不通、水不通，电也不稳定，村民们基本没有稳定的收入来源，住的也普遍是漏风漏雨的旧土房。

二〇〇四年他和爱人驾驶自家的客运中巴，出车五十余次，载着村里的党员、干部、村民代表和部分村民，去到顶效镇绿化村进行实地参观考察。当时绿化村在大面积搞桃树种植产业，年年都举办"桃花节"，收入十分可观，成了远近闻名的富裕村，也因此更名为桃花村。大家看了桃花村的变化后都羡慕不已，回来的车上大家都表态也要跟着搞。

但是，经过统计，全村如果要栽种十万株桃树苗的话，按照最低价格，成本也需要二十六万元，可村里人掏空了腰包也才凑了五万多元，无奈之下，郭成林用自家的中巴车作抵押，终于换得了十万株桃苗。这十万株的桃苗全部栽好后，为保障桃树健康成长，他还自驾六十多次到市、县、镇的农业技术部门请专家为村民们传授修枝、病虫害防治、疏花疏果、追肥等技术。

二〇〇八年，郭成林又鼓励一百九十二户桃农入股，成立了普梯村金果林种植农民专业合作社，他多方联系客商，设计"艳红桃"包装箱，采取送货上门和定点销售等方式销售艳红桃，同时请新闻媒体加大产品宣传力度，帮助农户销售桃子四千多吨，收入九百七十多万元。这一年，村级直接销售艳红桃二十多万斤，集体经济增加十万余元。

也是在这一年，普梯村遭受了百年难遇的大旱，碗口粗的桃树干死了很多，郭成林心急如焚，多次向上级有关部门汇报旱情，请求帮助。旱情结束后，他暗下决心要把村里最低处的黄泥河的水引上坡来，为村民长期所用。经过两年的不懈努力，在二〇一二年，终于解决了一级提灌和二级提灌建设问题。上级各部门总计投资一百八十万九千七百元，他带领村里的群众投工投劳进行引水工程建设，累计上工近数千人次，黄泥河水终于爬上一千三百多米的高坡，解决了全村人畜饮水问题和桃、梨树的灌溉问题。

截至二〇一六年，全村有近万亩桃树果林。二〇一七年，郭成林带领村支"两委"一班人，抓好"组组通"三年大决战机遇，白天盯工地，夜晚访农户，经过三个月的战斗，如期修通通组公路十公里、串户路十八公里，使全村通组路硬化率达百分之百，串户路硬化率达百分之九十八以上，解决了群众出行难的问题。同时还对二十六户农户实施"危房"改造，对十一户农户老土墙危房进行修复，安装太阳能路灯四百二十一盏，新建文化广场，配套建设了党员活动室、篮球场、图书室、卫生室等，完善了村级组织活动场所。也就是这一年，普梯村退出了贫困村的行列。

二〇一八年，结合普梯村土墙人家建筑群、金丝榔古树群、天然溶洞、峡谷风光、茶马古道等自然资源，普梯村又在梯田发展了两百余亩多种花色的三角梅花卉种植基地，种植了五十余亩的魔芋种植示范基地，打造农旅一体化，并筹措资金一百万元，注册成立了黔西南州鑫鸿商贸公司。该公司不仅经营收售艳红桃，还开办特色农家乐、旅游服务、人力资源服务等，带领农户发展农业生态旅游。在精准把握政策的条件下，整合村内各项可用资金，以入股分红方式帮助六十余户贫困户每年增收共二十余万元，并壮大了村集体经济。

院坝会以后，我们转移到了一家民宿酒店的大厅里，一边喝茶一边继续座谈。这种座谈，其实是很随意的，就是大家拉拉家常。说话间，陆续来了十多位村民，一时间热闹起来。其中有一位叫曾付国的人，一进来就用土话说"欢迎来我屋头玩"。

我也用土话回问他，这是你屋头？

他说，这就是我屋头。

我说，这是一家民宿酒店嘛。

他说，这是我投资的，就是我屋头嘛。

我说，这就是你屋头？你是普梯村的人？

他说，我不是普梯村的人，但我是兴义当地人。

我说，那你是乡贤，来助推乡村振兴了。

他嘿嘿地笑了起来。

据郭支书介绍，曾付国是"来屋头玩"品牌创始人，是贵州尚思众淼乡村投资运营有限公司董事长、贵州食稼牧粒农业科技有限公司创始人。他在不远的拉扯村，将村里闲置的房屋高标准改造成集餐饮、休闲、娱乐、会议、社交于一体的乡村生活馆。"来屋头玩"是一句兴义人的方言，在这一带的乡村，乡亲们只要看见有客人来，就会热情地招呼"来屋头玩"。他巧妙地利用这一句大家耳熟能详的方言，把乡村生活馆命名为"来屋头玩"。这句话的用意很明显，就是吸引客人来，以地道乡村美食和黔西南人独特的文化，让远方的客人留下来。

我说，不用你"拉扯"，我今天不是来了吗？

他说，要不请领导去拉扯村看看我的乡村生活馆？

我说，这次来不及了，这普梯村的生活馆不也是你投资的吗？

他热情地拿出手机，打开手机里的图片让我看。我接过来一看，只见拉扯村乡村生活馆的门头有一副对联，写着"乡村振兴把拉扯拉扯大，共同富裕享生活生活美"，横批"记得回家吃饭"几个大字格外醒目。

我一一翻动着手机上的图片说，哎，游客还不少嘛。

他兴奋地说，慕名而来的游客真是络绎不绝，我们的老火炖鸡汤，黑毛土猪烧制的腊肉，老石磨碾出的豆腐，香椿木槽打制的糍粑，老土罐煨出的古树茶，都是我们当地特色的农家美食。

今年春节以来都是客流高峰，超出我们预计，大家要加油忙起来，让游客吃到最地道的美食。我们还依托村寨里的绿色农产品开发新菜品，带动更多村民参与到乡村旅游业中，让食客吃得放心、吃得满意。

我开玩笑说，这么说，你挣得盆满钵满喽？

他连连摇手说，不是我一个人挣钱。"拉扯·来屋头玩美好乡村生活馆"是由拉扯村民组全体村民一起参与的乡村振兴项目，挣了钱大家都有。

我说，在普梯村也是一样的吗？

他说，那当然，通过村企合作建设乡村生活馆，不仅可以让村民吃上"旅游饭"实现增收，还吸引更多的有识之士投入乡村振兴中，他们来到村里投资产业、孵化乡创品牌、提供就业岗位，可以形成利益联结长效机制。

据介绍，在兴义市乌沙镇的普梯村，贵州尚思众淼乡村投资运营有限公司正结合普梯发展实际，按照"规划统领、产业引领、节约集约、民生改善、保护与传承历史文化"的乡村修复原则，围绕"一村一品"，制定"一村一策"，致力将普梯打造成富有当地特色的民族文化村。未来，普梯将是集民族节庆旅游、康养旅居、民族文化手工艺品体验、民族文化网红打卡为一体的乡村生活目的地，让普梯成为美好乡村体验中心。让游客在这里享受到民族文化的盛宴，打卡古生物化石群、少数民族特色古墙古建筑群、茶马古道、金丝榔古树、天生古桥、原生态古井这"六古文化"，让更多人爱上普梯村。

我说，你这是"三变"，资源变资产、资金变股金、农民变股东改革。这是多渠道促进村民增收。

郭支书说，我们充分尊重村民意愿，通过充分挖掘当地民俗文化，因地制宜地进行一、二、三产业融合发展。在运行过程中，形成"企业+合作社+村民"的合作模式。

我环视眼下这十多位村民说，你们愿不愿意啊？

他们说，人家来帮助我们，我们当然愿意啊！

大家都会心地笑了起来。

一个穿着布依族服装的妇女笑得特别灿烂，我指着她说，请问你贵姓？

她说，她姓李，叫李美。

我说，李美，你还真的很美，名不虚传啊。你家里几口人啊？有几亩地啊？

她说，家里七口人，有十多亩地。

我说，人多力量大，有十多亩地，那你家大有可为啊！你家现在的收入能达到多少？

她有些腼腆地笑了起来说，不多。

我说，不多？你家肯定高于一万五千元的人均收入吧？

她说，二〇一二年以前，我家搞烤烟种植，年人均收入只有四千五百余元。

我笑了起来说，二〇一二年以前，你们村人均收入不到三千元，你都四千五百元了。你说说，你们家今年的人均收入是多少？

她说，我家现在除了烤烟种植，又种中草药、小黄姜、茯苓、薏仁米等，还养了三十多头猪，今年收入接近二十万。

我说，接近二十万？十七万也是接近，十八万也是接近，到底好多嘛？

她扳着指头算了算说，是十九万六千元。

我说，怪不得，我不问，你还不露财呢，这么高的收入，你们家远远超过了村里的人均收入，已经达到了二万八千元。

郭支书接话说，应该超过这个数字，有些收入她还没算进来。比如说她是村里的常务干部，每个月还有二千九百四十五元的工资。

我对李美说，一年你们家又多出三万五千三百四十元了，你们家的人均收入已经超过了三万元了。这都还是保守的算法，比如你们家房前屋后鸡啊、鸭啊、鹅啊总养得有吧？

她点点头说，这些东西家家都有。

我说，这些也是钱啊，也要算收入。

大家都笑了起来，纷纷说，现在生活好了，杀只鸡宰只鹅的，自己不养，也是要花钱买的，这样说确实算收入。

看起来大家心情都很愉悦。这时候，一张年轻而英俊的脸出现在我的眼前，看得出来他想开口说些什么，却始终没有说出来。我当然是觉察出来了的，干脆就问他，你有什么说的？

他说，我叫马奎，就是这个村的人。

我说，你是这个村的人？我怎么感觉你像城市里面的人呢？长得细皮嫩肉的。你不说，我还以为你是副县长呢。

他不好意思地笑了起来，解释说，不是，我就是个农民。

我也笑了起来，对大家说，你们看看，这里的山水就是养人啊！一个男同志都长得像美女一样好看。

大家"哄"的一声，都善意地笑了起来。

等笑声停下来后，我问了马奎的现状，他家现在有五口人，二〇一二年前，他在家种植玉米、小麦类传统农作物，因为缺少劳动力、耕地少的原因，当时全家年人均收入仅仅只有两千元左右。二〇一四年随着脱贫攻坚战的全面实施，他开始有选择地根据自身土壤的特点，尝试种植红薯，不到三年，他前后流转同村的土地达到了一百二十余亩，年纯收入早已超过万元，成为远近闻名的致富带头人，带动群众就近务工达到了一百人次。二〇一八年，马奎夫妻设立了一个快递点，还兼顾家装行业。

我说，你还搞装修？

他嘿嘿地笑了起来说，现在我们农民生活都好了起来，新房子都需要装修。

我对他伸出大拇指说，你这是满足了人民群众日益增长的对美好生活向往的追求。

听我这么一说，大家都不约而同地扬起了笑脸。

我说，最后一个问题，你家人均收入能达到多少？

他不好意思地摸了摸脑袋说，我家父母烤酒，还养猪，去年我们家应该有二十万元收入吧。

我说，好啊，你们家人均都超过三万了。说完，我环视在座的其他村民说，都是三万多的人均收入？哎，你们有没有一万多收入的？来，说说看。

一位叫张涛的村民说，我家六口人，年均收入刚刚达到村里的平均收入，一万五千元。

我说，你们家为什么只有一万五千元呢？

他说，我刚刚回来。

我说，刚刚回来？就收入少，这不是必然的理由啊。

他说，我之前在兴义的街道上经营夜宵摊点，这几年疫情来了，生意不好做。

我指着他说，哎，这倒是算一个理由，现在不是疫情过去了吗？你可以继续搞你的夜宵摊了啊，怎么想着回来了呢？

他说，现在普梯村的乡村旅游发展起来了，我想在村里开设农家乐。

我说，这就对了，现在回乡创业赶上了好时候，乡村振兴嘛，有很多惠农政策，你了解这些政策吗？

张涛说，我知道，原来很难贷到款，现在可以贷款了。

我说，好啊，你是个明白人，只有吃透了乡村振兴的各种政策，才知道自己该干什么。

郭支书跟着说，乡村产业振兴，就是要形成绿色安全、优质高效的乡村产业体系，为农民持续增收提供坚实的产业支撑。

我站起来说，郭支书，有你这样的明白人，我看啊，我们普梯村在乡村振兴中大有可为。说着，我对大家拱拱手说，我们就此别过，我还要赶到下一个村去。谢谢你们！这个地方太漂亮了！我还会再来的。

我说的下一个村，实在太远了，这要在以往，非要两天才能到达，在百度地图导航上，也有五百八十公里，需要六个多小时。我要去的这个村叫楼上古寨，它位于武陵山脉腹地的石阡县。这个古寨我分别在二〇〇五年和二〇二〇年到过。二〇〇五年，我在楼上古寨拍摄向长征胜利六十周年献礼的长篇电视连续剧《雄关漫道》，这个古寨给我留下了深刻的印象。之所以选择楼上古寨为拍摄地，是因为它古朴、古老，没有任何现代化的房屋和装饰，是一个保留得非常完整的原生态古寨。我对这个古寨有着深厚的感情，毕竟在那里拍摄了二十多天。二〇一〇年春，时值全国百名作家走访贵州，我主张安排了楼上古寨作为走访点。那是一个春光明媚的早晨，当我带着百名作家走进楼上古寨的时候，乡亲们夹道欢迎，那真是一个快乐的日子啊！有几位村民走过来热情地和我打招呼，他们都还记得我，几个十多岁的少年还追着我喊，那个红军叔叔又回来了。在《雄关漫道》拍摄期间，作为编剧和制片，我是穿着红军服装在这里给导演、演员讲戏、讲党史。那时候这些小孩只有五六岁，不想他们还如此清晰地记得我。

那次离开楼上古寨后,一晃就是十年,一直希望再次造访楼上古寨,在脱贫攻坚取得全面胜利的二〇二〇年,我终于再次重访了楼上古寨,那时候正值新冠疫情期间,几乎没有什么游客,不过,这并不影响他们摘帽出列。现在又是三年过去了,现在如何了?我特别想知道。

而现在我所在的古村落普梯村,位于乌蒙山脉的腹地,与云南省边境咫尺相望。今天要到达楼上古寨,必须经过六个地州市和十二个县区的地界,即黔西南州、安顺市、贵阳市、黔南州、黔东南州、遵义市,再达到铜仁市的石阡县。这样的路途,在以往是不可想象的,贵州的高速公路网可以颠覆我们的这个不可想象,真是天堑变通途,给我们提供了无限的可能。

到达石阡县时,已经是子夜时分,闲话少说,赶快睡觉。

第二天起来却没能前往楼上古寨,因为吃早餐的时候,经过与当地乡村振兴局的一位同志交流,决定去任家寨村。原因很简单,我问了楼上古寨的产业情况,他说,目前楼上古寨主要以种植辣椒为主导产业。我说,有没有辣椒深加工?他说没有。我说,人均收入如何?他说,一万三左右吧。我说,种辣椒能种成这样,很不错了,这次我来,主要是看农村产业发展的情况,楼上古寨就不去了。他有些不甘心地说,楼上古寨很漂亮呢!变化也很大,也不远,就二十多公里。我说,贵州很多地方都是因为种辣椒而脱贫,在乡村振兴当中,如果我们仅仅靠辣椒种植,这是远远不够的,你看有哪些村在村办企业中干得好的,你带我去看看。他说,我们县有很多村都干得不错,大沙坝乡的任家寨村干得很不错。我说,要得,我们就去任家寨村看一看。这就改变了我调研走访的行程。不过,楼上古寨我还是要去的,只是不在这一次的行程里了。

据介绍，任家寨村位于大沙坝乡西北部，距集镇十公里，距石阡县城二十公里，全村辖八个村民组二百八十六户一千一百零二人，其中建档立卡户七十四户二百八十二人，已实现全部脱贫。该村长期存在"好山好水好田坝、穷人穷村穷产业"的矛盾面貌，长期存在着思想观念落后的状况。这些年，任家寨村全力攻克深度贫困堡垒，探索"组织共建、决策共商、优势共扬、全民共股、社会共治、成果共享"为主要内容的"六共"机制，持续推进"村社合一"，为有效解决"村级组织薄弱，村级集体经济发展困难和村、社'两张皮'"问题，推动产业提质增效，壮大村集体资产，提高村集体带动群众致富能力，闯出一条富有特色的乡村振兴之路，实现了从无到有、从有争强的局面，村级集体经济资产从二〇一六年的零收入蝶变到二〇二二年三千二百八十余万元的收入。

到达任家寨村口时，远远就看见村支书彭俊站在村口，他手上拿着几瓶水，见我下车后，他走上前递给我一瓶说，主席，请你尝尝我们村的矿泉水，味道很不错。

正好我有些口渴，我说，好，我尝尝你们村的水，是不是在"王婆卖瓜"。

说这个话我是有底气的，以前我还是地质队员的时候，每天就在高山峡谷中行走，饿了，就摘几颗野果子吃，渴了，找一眼山泉一条小溪，毫不夸张地说，当年我喝过的那些山泉和地下水，绝对不会比今天市面上的任何一款矿泉水水质差。

我拧开瓶盖，咕嘟咕嘟地喝下大半瓶水，扭头对彭支书说，不错，你们村的水口感很好。

彭支书说，最关键一点是，不管雨下得多大，也不管是什么季节，我们村的矿泉水，清澈度和出水量的大小都不受影响，我们统计过，每天的出水量达到了两百八十八吨，每天可以灌装上万瓶水。

我们一边向村里走去，彭支书一边向我介绍着矿泉水的情况，当时钻出矿泉水后，村里马上就将水样报送省市相关部门进行检验，经省水样检测中心进行一百零九项指标检测显示，结果各项指标均达到优质矿泉水标准，还是富锶性天然矿泉水。

祖祖辈辈生活在任家寨村的人都没有想到，在这地下居然会有这么大一笔财富，这笔财富就是地下矿泉水，它的发现也很有些机缘巧合，就在二〇一六年四月，贵州省地矿局一〇三地质队在这个村做地勘资料，取样时在曹家园组地下二百七十米深的地方，钻出了大量的地下矿泉水。有了资源就要利用好这一资源，在乡人民政府的大力支持下，由村支两委及监委会带头组织创办了石阡县大兴源泉山泉水专业合作社；村支两委身先士卒，先后贷款六十万元用于大兴源泉山泉水专业合作社的初期建设，同时发动乡内孙家坪、余家寨村采取保底分红的入股方式分别入股三十万元。通过全民参与入股的形式进行，全村自筹入股资金一百八十四万三千元，到十月运营前共计入股资金达到两百一十四万三千元。

自从二〇一七年十月十六日水厂开始投产运营以来，提供二十六人直接就业，二〇二〇年加大水厂厂房面积，新增一条小瓶装水生产线，年产值增加至两千五百三十余万元。从合作社成立以来，累计为村级集体经济产业盈利四百二十万余元，分红资金三百七十万余元。

看过了矿泉水厂，彭支书又带着我来到他们村的八月瓜基地，我们站在一处山头上，向下望去，全是一排排的种植区，绿意盎然，稍近一点还能看见刚刚长出来的小果子。

彭支书介绍说，这里就是我们村的八月瓜基地，一共占地一千八百余亩，里面有观光区、采摘区、苗木繁育区、技术研究试验区，另外还有高标准稻田区、蜂糖李种植区和红心蜜柚种植区。从基地使用传统的耕作方式和农家肥等有机肥，到如何控制水源以及土壤中的有害杂质含量，再到实行科学技术化管理，合理种植，剪枝和蔬果等等。彭支书身材魁梧，一张黝黑的国字脸显得有些憨厚，给人的第一感觉是不善言辞的，可是，他一开口介绍起任家寨村，那真是如数家珍，口若悬河，仿佛换了一个人似的。

据介绍，从二〇二〇年九月至二〇二二年十二月，铜仁市科学技术局通过项目实施，在合作社基地试验区开展"八月瓜植物病虫害绿色防控关键技术研究与推广"项目研究。二〇二二年初，在东莞市东西项目资金帮扶下，团山大田二十亩八月瓜基地试验滴灌项目，这样，既保障八月瓜品质，又保障了数量。二〇二二年五月，县农业农村局又通过技术培训，开展推广八月瓜和大豆混种技术研究。到今天，八月瓜基地种植的有八月瓜六百五十亩、青脆李一百八十余亩、红肉蜜柚一百四十余亩等精品水果。三年以来，八月瓜实现产量六十七万斤，实现产值一千三百四十万元。

彭支书接着说，基地坚持"以党员带动基地、以基地推动产业"的发展战略，努力营造"市场牵龙头、龙头连基地、基地带农户"的龙头型产业体系，采取多种有效措施，扩建地、连农户、重产销、促发展，充分调动农民种植积极性。

我打断彭支书说，我想看看你的八月瓜深加工工厂。

他指着不远的地方说，就在那里，我们这就去。一边走，他一边介绍说，借助村"两委"组织、政策、资源等优势，采取开展技能培训、编制申报项目、帮助吸纳资金进入合作社等方式，为合作社发展做好人力支撑、土地流转、市场拓展等服务，并帮助成立"妇女互助队"，合作社流转土地一千八百余亩，解决了在册劳动力一百三十余人就业难题。专业合作社充分发挥市场营销、企业管理、生产技术等优势，通过整合人力、资金、土地等生产要素，谋划推动企业发展，同时加强与贵州轻工业研究所、贵州农业职业学院等单位技术合作，研发八月瓜精油、八月瓜果浆、八月瓜口红、八月瓜唇膏等，提高产业附加值，积极延伸和拓展农业产业链，努力培养发展农业新产业、新生态。政府项目资金和村集体资金注入专业合作社，群众以"股东"身份自觉参与产业发展，形成"一荣俱荣、一损俱损"的利益格局，有效破解村干部在产业发展中责任心不强等问题。组织引导农户采取土地租金折价入股或现金入股方式参与，实现农民变"股东"，有效破解村民在产业发展中参与积极性不高等问题。该村两个专业合作社共有一百四十九户农户参股，吸纳群众入股资金三百二十万元，持股三千二百股。

参观完村里的八月瓜深加工厂生产线后，我们在八月瓜成品展示区坐了下来，品尝了他们的八月瓜果酱。这种果酱保留了八月瓜原生的味道，这种味道一入口，即满口芳香，让我的味蕾回到了久远的儿童时期，那个时候，山沟沟里、山坡坡上，都有野生的八月瓜，一到九月，我们即漫山遍野去寻找八月瓜，采摘回家。有一句童谣至今没有忘记："八月瓜，九月炸，十月生娃娃。"

这是八月瓜的属性，说的是八月瓜在九月的时候就成熟了，包裹着果实的皮就裂开了，露出了乳白色的果瓢，十月份的时候，果瓢就自然掉落了。

八月瓜鲜果的果瓢芳香弥漫，入口即化，可是它的籽比石榴籽还多，说白了，就是籽多肉少，很影响口感。不过，它的芳香弥补了这一缺陷。像这种去掉籽的果瓤，吃起来确实令人爽口沁心。

我说，八月瓜鲜果能卖多少钱？

他说，批发价十五元一斤。

我说，我偶尔在贵阳的农贸市场买到过八月瓜的鲜果，大约二十元一斤，你们的批发价还不低呢。

他说，八月瓜成熟后，鲜果因为有炸裂的现象，采摘后最多能保存半个月。

我点点头说，这八月瓜不炸裂，还吃不得，苦涩，只有炸裂了，吃起来才满口的香味。

他说，这正是八月瓜的缺点，不到这个短短的季节，谁也吃不上。

我说，对，它不像苹果、草莓、香蕉，随时可以吃到，最好的东西就是这样，它的芳香能让你欲罢不能，却转瞬即逝。

他举了举手里的果酱瓶说，这个东西可以解决这个问题，它原汁原味，零添加，采取急速冷冻的办法，可以持续半年，保持它的鲜味。就是有点贵，四十五元一瓶。

我一边品尝着八月瓜果酱一边说，现在的苹果酱、草莓酱，一瓶也是几十元，要我来选择，我一定选择的是八月瓜果酱，四十五真不贵。就是要做好宣传和推广，我相信，只要有人吃过，就不会忘记这样的味道。只要有，他就会购买。

他说，我们现在还不敢大力宣传和推广，我们的果酱基本上供不应求，一旦有人下大单，我们还真不敢接，信誉第一啊。

我说，那就扩大生产啊。

他说，我们八月瓜种植基地的产量就这么多，已经饱和了，要扩大种植基地，就要流转其他村镇的土地，有难度。

我说，市场需求决定一切，这有什么难度？难的是产品不好，卖不出去，既然卖得出去，就可以大力推广嘛。现在不是在乡村振兴局的协调下，银行有惠农的产业贷嘛。

他点了点头说，是的，下一步我们有这样的打算。

我说，你们挣了钱，是怎么分配的？我记得万山区敖寨乡的中华山村合作社的分配是"六二二模式"，对这种模式的报道，还上了《人民日报》的头版，标题叫《成了合伙人，幸福来敲门》。你看过没有？

他说，前几年我看过这篇报道，中华山村的"六二二"模式，即是年底纯利润的百分之六十用于贫困对象，百分之二十用于村集体积累，百分之二十用于管理人员的奖励。他们的这种模式适合于脱贫攻坚期间，现在是乡村振兴阶段了，我们的"二四二二"分红模式更加合理，即百分之四十作为滚动发展资金，百分之二十按全村现有人口进行分红，百分之二十为管理人员的报酬，百分之二十脱贫户再次分红。加大滚动资金的发展，有利于企业的市场竞争能力。

时间过得很快，一晃就三个多小时过去了，也许是八月瓜的香甜，让我的大脑忙于回味儿时的记忆，与他交谈了这么久，却忘记了我在采访中惯常的"四问"，看看时间不早了，我赶紧问他，你们村的人均收入达到了多少？

他说，去年，我们村的人均收入是一万五千八百元。

听他这么说，我一脸的诧异，今天在我眼见为实的采访中，从所获得的信息来看，应该是能超过了两万元的。有了这样的判断，我猜想原来他们的贫困程度一定很深。我赶紧问，你们村脱贫摘帽之前是多少收入？我这样问，是想得到是脱贫前和脱贫后，数字上的巨大差异。

他说，我们村不是贫困村。

我一下子愣住了，不是贫困村？再次得到明确答复后，我自嘲了一句，原来我来到了不是贫困村的村庄。

他说，我们虽然不是贫困村，当年也不富裕，我们这里是"好山好水好田坝"，历来划定贫困村的人均收入红线，我们村的人均收入都超过那么一点点。可是，相对于富裕村来说，我们还是"穷人穷村穷产业"。现在好了，我们有了自己的村集体产业，人均收入才逐年大幅度地提高，到了现在的一万五千八百元。

我说，原来到底是多少呢？

他说，我们村没有办企业之前，人均收入一直在七八千左右。

我点点头说，如果一直保持在七八千的人均收入水平，你们当然成不了贫困村。说老实话，你们村当初是不是做梦都想成为贫困村？贫困村的扶持力度大呀！

说完，我一直笑嘻嘻地盯着他看，看他怎样回答我的问题。我为什么是笑嘻嘻的呢？其实这有点故意开玩笑的意味。因为有一个贫困村的故事流传很广，颇具讽刺意义。说的是以前有一个村庄，原来是贫困村，后来不是贫困村了，村里工作还不知道怎样干了，往后退吧，不行，往前走吧，太难。于是村班子开了一个诸葛亮会，得到的结果是要想再往上提高人均收入，不是太难，几乎是不可能的。这几年好不容易费了九牛二虎之力，才将这人均收入提高到超过贫困村的红线，这一下好了，不是贫困村了，咋个办？于是大家商量决定，由村主任带队去上下游说。不久，村主任高高兴兴地带回来了立功喜报，他在村群众大会上宣布，告诉你们一个好消息！我们又是贫困村了！这个故事流传开来，传开了，故事就会有演绎，演绎到了乡镇甚至县区，最后成了县长在干部大会上宣称，告诉你们一个好消息！我们又成了贫困县了！有了这样的故事，我便有了开玩笑问他的缘由。

他说，想？怎么没想过，这个想根本解决不了问题。自从精准扶贫以来，来不得半点虚假，我们就是想成贫困村也成不了嘛！说实话，我们看到一些贫困村，这些年噌噌地就上去了，发展得比我们还好，收入比我们还高，我们不是贫困村的村，实事求是地说，压力还真是大啊！

他说的这种情况，确实存在，有些没有被划定为贫困村的村，其人均收入也只是超过了贫困的红线，有些只是高于临界点上，有一些略高于贫困红线，这样的村就不能享受贫困村一系列的脱贫措施，因而原来的贫困村经过脱贫攻坚，其收入超过原来不是贫困村的人均收入，是客观存在的。

这样的事实存在，确实是一个存在的问题，不过，这样的问题，在乡村振兴战略实施中，可以迎刃而解。有一句话，我们必须弄通做实——推动巩固拓展脱贫攻坚成果同乡村振兴有效衔接工作上台阶、见实效。这句话不难理解，确保脱贫攻坚成果是底线，拓展和衔接乡村振兴战略才是重中之重。乡村振兴战略不仅仅是只针对脱贫村，而是事关所有乡村的振兴，而乡村能够振兴的关键，是上台阶、见实效。这正是民族要复兴，乡村必振兴。这就意味着你原来是不是贫困村已不要紧，要紧的是在乡村振兴战略中，大家都处于同一条起跑线上。

我拍了拍彭支书的肩膀说，不要压力大嘛，你们这里好山好水好坝子的，从来都不是贫困村，这多好啊。原来的每一个贫困村，原本也不愿成为贫困村，都是自然条件所限，你要相信以前这些贫困村肯定都羡慕你们村的。

彭支书点了点头说，我们村的自然条件是要好一些，那些山多地少的村，祖祖辈辈都是羡慕我们的。现在啊，我们有好多地方还要羡慕他们呢。

我说，这不是都好了吗？有了这个互相羡慕，多好啊！有互相羡慕的，说明了什么？说明都过上了好日子嘛。这不是都说了嘛，我们贵州撕掉了千百年来绝对贫困的标签嘛！你是支书，你应该比我还了解，实事求是地说，有很多原来的贫困村，即使现在脱贫了，其人均收入还是低于你们村的。当然了，也有很多原来的贫困村，现在远远高于你们村的人均收入。

他笑了笑说，这个我当然知道。

我说，江口县的黑岩村，你知道吧？

他说，早有耳闻，全国精准扶贫建档立卡发源地，全国防贫监测预警保障机制发源地，这"两个发源地"是黑岩村最响亮的两张名片嘛！

我说，黑岩村的人均收入就低于你们村。他们原来可是远近闻名的贫困村，二〇一四年，他们村贫困户的人均年收入仅仅只有一千七百多元，实施精准扶贫以后，在二〇一七年黑岩村实现整村脱贫出列，二〇一九年底完成了脱贫"清零"任务，去年，他们村的人均收入达到了一万三千八百余元。他们村离你们这里也只有一百多公里，半个月之前我去过，你有时间也去看一看。接着，我给他介绍起了黑岩村，以及黑岩村的一些做法。

在精准扶贫全面实施以前，黑岩村一直被贴着落后与贫困的标签。田间种苞谷，地里栽红薯，要想吃得饱，全靠老天好——这虽是黑岩村的童谣，但却是黑岩村的真实写照。因为基础设施落后、地理位置边远等客观外部因素的限制，黑岩村群众生产生活极其艰苦。村民组几乎都在半山腰，是典型的喀斯特地貌，常年缺水、土地贫瘠，传统农业发展靠天吃饭，严重凝滞。在这一现状下，村集体经济更是无从谈起，以致越来越多的村民只能外出打工。那时候的黑岩村是名副其实的"打工村""空壳村",超过百分之五十的村民长期处于贫困线下。

穷则思变,可再怎么变,受自然条件所限,还是一个穷字当头。穷则思变是一个积极的因素,这个因素决定了黑岩村人不是"等、靠、要",也不是消极的"你要我脱贫",而是在穷则思变的希冀中发出了"我要脱贫"的强烈心声。有了这样的穷则思变,就有了希望,而好机会永远会给有希望的人。二〇一四年,黑岩村迎来了千年不遇的好机会,精准扶贫全面实施展开,黑岩村人等的就是这个时光。也正是他们具有穷则思变的思维,抓住了这个千载难逢的脱贫机会。黑岩村人为落实精准扶贫、精准脱贫政策,率先琢磨出一套精准的管理办法,这就是为贫困户"建档立卡",实现了识别程序精准、管理过程精准、脱贫成效精准,成为全国精准扶贫建档立卡发源地。也正因为是这样的精准,短短的三年后,黑岩村就将贫困村的帽子丢给了历史。

你只有贫困过才会知道,不再贫困是一件多么了不起的事;你只有贫困过,才会倍感珍惜,才会自觉地牢记使命、感恩奋进!于是,黑岩村人又琢磨出了一套如何有效进行防贫监测预警保障的机制和办法。脱贫后如何有效防止返贫,进而实现与乡村振兴战略全面接轨?黑岩村为脱贫出列后的乡村振兴提供了"黑岩样本"。据黑岩村村支书雷江坤介绍,他们村在二〇一七年脱贫后,村干部普遍认识到贫困发生是一个动态过程,开展动态管理很有必要。黑岩村作为全县最早开展防贫监测预警的试点,坚持脱贫与防贫相结合,实施"网格化"管理、常态化监测,建立集"监测、预警、保障"为一体的防贫工作机制。

我在村委会办公室的墙上,看见一张"网格员"的责任表,上面用红、橙、黄、绿四种颜色标注了四类重点人群的状态。所谓四类重点人群，即重点监测对象，是指人均年收入低于现行标准下的家庭、因病因学刚性支出远大于收入户、因灾突发大病突发事故等导致基本生活陷入困境户、民政兜底保障户。具体来说，监测对象的纳入程序包括：农户申请、入户核查和部门比对、村民小组及村民代表大会评议、村级公示、乡镇复核、县级备案。

当一户村民被识别为重点人群后，便会纳入常态化监测系统中，由驻村工作队、村支两委、村党员、组长的网格监测队伍，针对重点人群的收入水平、保障力度、负担情况等进行常态监测。其次是多重预警，做到贫困风险早掌握。当纳入监测系统后，各部门会经常筛查比对。雷支书打开监测系统页面给我展示，在这个系统中每一户的详细信息都清晰可见，其中每一户的信息又分为预警信息、基本信息、帮扶政策、帮扶信息等，预警类型根据贫困程度依次分为红色、橙色、黄色预警。

在任家寨村与彭支书聊黑岩村，居然聊了一个多小时，他一直没有插上嘴，看着他欲言又止的样子，我的思绪终于从黑岩村回到了任家寨村，我赶紧闭上嘴，眼睛看着彭支书，那意思很明了，你想说什么就说。

彭支书说，他们的产业做得怎么样？

我说，产业也做得很好，否则以他们村的自然条件，要想人均收入达到一万三千八百元，几乎是不可能的，与你们村相比，只有两千元的差距。

接着，我扳着指头与彭支书算起了账，黑岩村精准扶贫前，贫困户的人均收入只有一千七百余元，到现在一万三千八百余元，其增幅达到了一万二千元；任家寨村不是贫困村，精准扶贫前人均收入你说的七八千左右，那么我们按照人均六千五百元来计算，到现在人均收入是一万五千八百元，其增幅是九千三百元。

彭支书诚恳地说，黑岩村我一定会去看一看的，学习学习。听说他们种猕猴桃、百香果、蜂糖李等山地特色精品水果，他们进一步做深加工没有？

我说，目前他们还没有深加工的工厂，这一点你们村走在前面了。你们的村集体企业是我看过的很多村庄中，干得非常好的，你可以不谦虚地说说，你们未来几年的人均收入预期。

他说，争取两万左右吧。

我笑起来说，叫你不谦虚，你又谦虚了吧？以你这样的增幅，说不定人家黑岩村会超过你们村哦，两千元的差距不算大。

他有些不好意思起来说，这不是谦虚，预期是预期，毕竟还没有落实，两万是比较有把握的。

我站起来一边与他握手告别，一边说，我也问过黑岩村的雷江坤支书，他说他力争到达两万元，而你是有把握达到两万元。我与你相约，下次我再到你们村的时候，期待你给我一个惊喜，两万五千元，怎么样？这样的惊喜不算太难吧？

彭支书还是谦虚地说，我们力争，我们力争。

告别彭支书后，我们一路狂奔，终于在晚上八点赶到了铜仁市的中心城区碧江区，吃完饭就赶紧给铜仁市作协主席龙险峰打电话，咨询松桃苗族自治县有哪些乡村在乡村振兴中做得比较好，请他推荐几个。他是松桃盘信乡正大营村人，一位优秀的苗族诗人。他在电话中说，我马上过来商量。他是个急性子的人，我也是，我们可谓趣味相投、性情相近，自然是一对好朋友。虽然时间已来到了晚上十点多，他说他要过来，我也没有反对，毕竟现在的松桃，他比我熟悉。

三十八年前，我作为一名地质队员，毫不夸张地说走遍了松桃县的每一寸土地，我曾经开玩笑地对他说，你是一个老松桃人咋的？你到过的地方，我都到过，我到过的地方，你绝对没有到过。我随口讲了很多松桃的山、松桃的水、松桃的村，他一听后说，这些地方我都知道，确实没有去过。我虽然出生在碧江区，六岁以前却生活在松桃县的普觉镇，一九六六年一〇三地质大队在松桃搞"锰矿大会战"，我的父亲作为一名地质队员，参加了这个会战，他在物资转运站守仓库，这个转运站即在普觉镇的普觉村，刚出生不久的我，也就随同父母亲来到了普觉镇的普觉村。所以说，我有两个故乡，一个是碧江区的黄土坎，一个是松桃县的普觉村。

一九九三年，我曾经写过一篇关于普觉村的散文，题目就叫《月亮滩》，这篇文章收入到我的第一部作品集《有目光看久》中，还在当时的《人民日报》上发表了。我满怀深情地写道——那地名不叫月亮滩，是我把这美丽的名儿编织在我那方魂牵梦绕的土地上。我虽未在那儿出生，可一生中对大自然最初的感受就在于此。

那年我四岁。记忆中我家住一排大屋子里。后来才知道，那是一个大仓库。一九六六年一〇三地质大队在大塘坡搞锰矿会战，普觉村是物资转运站及仓库。

那些美好的日子如今已记不太清，只觉得一个又一个画面蒙太奇似的在脑海中显现：一会儿是我一个人坐在床上大哭，床上有一小堆黄便，窗外的天气很暖和，桌子上有瓶白糖；一会儿是大河坝里人群沸腾，在水里争夺大鲤鱼；忽儿，我又站在厨房里，看见案板上放着的大鲤鱼；忽儿又到大河边，过一条很窄很高的路……我记不清是父亲还是大哥把我夹在腋下慢慢地、一步步地通过一块块兀立的石头。石头下面是大河，当时我心里特害怕……所以几十年也未曾忘掉，那大概是我人生当中的第一次害怕吧！

在普觉的日子里，正是我人生中初步记事的时候，所以那方土地在我心目中占有很特殊的位置。月亮滩，这名儿多美，为什么在那么多五彩缤纷的词汇中，我选中"月亮滩"这几个字呢？因为那地方给我记忆最深的，莫过于月亮与沙滩。

那月亮是洁白的，沙滩是银色的，大山则是油绿绿的——这是我当时对自然环境的感触。有很多个这样的夜晚，我跟在三哥或大哥的后面到沙滩上去。至于去干些什么，我已记不起了，只是那滩、那月、那山却深深地留在记忆里。长大后，我一直喜欢在夜色中去河畔散步，起因也许就源于此。后来母亲说：我们是去沙滩上捉甲鱼。那时候河里的甲鱼特别多，一到夏天，天气热了，甲鱼夜晚就爱上沙滩休息或者产卵。每到夜半，哥姐们提了水桶，拿了菜刀，就往沙滩上跑。只要用菜刀往甲鱼身下的沙里一插，把甲鱼翻过来，它就跑不了啦！每次总能提一小桶回家，那高兴劲甭提了。

月亮滩我曾回去过一次。那是一九八五年春天，我服务于一○三地质队化探分队任化探野外作业组长。当我展开一比五万军用地形图时，就被普觉深深地吸引了，我知道那是我向往已久的月亮滩。我用红铅笔在那儿打了一个圈，一定要在那儿住一夜。一幅图一般为四百五十个平方公里左右，每个平方公里布置一至两个采样点，我们一天最多只能搞二十个平方左右。一般是早上出发，晚上七点才返回。

那天我们是从离普觉很远的山坳里开始朝普觉跋涉的。队员们工作特积极，因为我这一组已在山里工作了近一星期，天天吃山民的干菜饭，又要从早到晚钻森林爬高山，早就想到一个小镇添点油水了。所以我那天特意比平时少安排六个平方，希望早点赶到普觉。

下午四点钟，经过八小时的野外山地作业，终于到了普觉。两个队员背满了几十斤样品，我也背了几袋。虽规定组长可以不背样品，可每次我总背一些。走进城镇，我搞不清楚我家以前住哪儿，也不知沙滩位于河的哪一段。只好先住下再说。晚饭后，吃饱了肉的队员跑去看录像了。我独自一人走上河堤。月亮未出来，只有河边人家的窗户发出昏暗的亮光，河水黑绿绿的，还有阵阵污臭味顺风袭来。我想就是有月亮，那水也不再银光闪闪了。

我问一个在河边挑井水的姑娘，这河里是否还有鱼？姑娘瞪圆眼瞧了我好半天，才说，鱼早没了，那些人用电打，炸药炸，农药毒，早断根了。真是些缺德鬼！听后我心里一阵阵酸痛。我的月亮滩！我魂牵梦绕的月亮滩……

第二天我再无心思寻根，早早起床，喊醒队员便踏上了归途。

从此，我再也没有踏上过普觉的土地，一晃三十八年过去，这次出来调研我最初的想法就是想再次踏上普觉的土地，想看一看它今天的模样。

可是，龙险峰来了后，给我提供调研的村庄却没有普觉村，我早把我自己当成普觉村的人了，这一点，他是知道的。可是他为什么不提，我也没有问，毕竟他一来，我给他说了此行的目的是调研乡村振兴。莫非他怕我去普觉村？普觉村的现状会伤害到我的感情？于是我暗暗下了决心，你不让我去，我还非去不可。不过，先把调研的目的完成，他提供的那几个村听起来确实值得一看。

第二天清早，我们即驱车前往松桃苗族自治县，松桃位于贵州、湖南、重庆三省市交界处，是贵州的东大门。前天我还在贵州的西大门与云南交界的普梯村，这一东一西的，相隔万水千山。贵州是唯一没有平原支撑的省份，据国土资源部门的数据表明，贵州有一百二十二万八千八百六十六座山峰，这个数据是第一次出现在面世的文章和新闻报道中，我的这个数字绝对真实可靠，因为我曾为地质队员的身份，获得这个数据是不足为奇的。

松桃当然是缺少不了山的，它地处武陵山脉主峰梵净山的东北部，群山层峦叠嶂，河谷纵横，峡谷深切，这便是它的地貌特征，因而我们的车时而在山之巅，时而在峡之谷，时而在云之上，时而在云之下爬行。

首先我们到达了松桃的第二高峰九龙坡山脚下的花溪乡。这花溪乡是一九八五年之前的名字，我仍习惯叫它花溪乡。一九八五年的春季，我曾在花溪乡住了一个多月，在这里进行地质找矿工作。当时，花溪乡不通公路，我是从松桃县城花了一天时间步行到这里的。当年我走进花溪乡时，可以说有些惊呆了，作为一名地质队员，走过无数的村庄，让我惊呆的村庄并不多。花溪乡无疑是美丽的，美丽得使人流连忘返、难以忘怀。它给我的第一感觉仿佛是世外桃源，它的山是青翠的，水是碧蓝的，最令人耳目一新的是那些五颜六色的河床。一般的河床被淤泥遮掩，或鹅卵石覆盖，而花溪乡的这条小溪由于坡度较大，跌宕起伏之间，河床的底色清晰可见。我从未见过这么美丽的河床，河床上水之下的石层是竖起来的，像书页一样横向延伸，每一层石头都是不同的颜色，有绿的，有紫的，有黄的，有银色的，可谓七彩斑斓，水在其上流淌，便也呈现出晶莹剔透的斑斓。

有了这样美好的记忆，十八年后的二〇〇三年，我曾在《十月》杂志上发表过一个中篇小说叫《水晶山谷》，小说中所描述的七色谷，便是这条七彩斑斓的小溪了。我猜想，当年为什么这里叫花溪，可能与这条小溪里的石头有关，石头开花了。在离开花溪乡的三十六年岁月里，那一方水土一直是我记忆中最美丽的存在。可是，我就一直没想明白，为什么这么好的名字，现在改名为地哪村了。在与松桃人的交往中，我常常谈起花溪乡，但只有为数不多的人知道一个曾经叫作花溪乡的地方。

走在原花溪乡政府所在地，我几乎认不出这就是我曾经住过的花溪乡。当年我来到花溪的时候，花溪乡只有两三栋黑瓦木板房，与周围的竹林和树木显得非常协调，给人一种幽静而幽深的感觉，现在的眼前，我所看到的，几乎都是一座座水泥砖混结构的房屋，有些房子的外墙还贴上了瓷砖。房子虽然显得很现代，可我总觉得是那么别扭，总感觉这些房子在竹林和树林的遮掩下，显得非常刺眼。乡政府早已人去楼空，只剩下一座二层砖混半木结构的二层小楼，门头上那一行"为人民服务"的几个大字依然很耀眼，只不过岁月的沧桑让它留下了斑驳的痕迹。

一种失落的情绪一直萦绕在我的心头，得到的宽慰是，据了解，现在这里村民的日子越来越好了。我一边走一边在心里想，一个美丽的地方，如果仅仅只符合一个作家的审美情趣，这是不切实际的，不能因为美丽而贫穷，当然，也不能为了脱贫而失去美丽。可见，绿水青山就是金山银山是多么睿智，闪耀着真理的光芒。

记得当年我在八马村的时候，遥望九龙坡以及九龙坡下的花溪乡，九龙坡的雄伟和花溪乡的恬静在我的记忆中仍然历历在目。我想再去八马村看看。说走就走，我迈步朝八马村走去。看起来八马村就在眼前，这沟沟坎坎的，走过去也不近，步行怎么也有五六里地吧？

当我站在八马村的制高点，再次遥望九龙坡时，心不由得一阵紧缩，只见九龙坡巨大的山体上，一层层的梯田呈刀砍状，纵横交错在山的肌肤上。我就纳闷了，这"坡改梯"一定要在九龙坡的山体上改吗？在一段时间里，很多地方都在搞"坡改梯"，有成功的例子，也有失败的例子。为此，我也纳闷了好久，原来"退耕还林"，现在"退林还耕"了？众所周知，在一些地方为了所谓的发展，占用了坝子良田，却在山地里开发土地，美其名曰"减一增一"。我一直认为这是掩耳盗铃的行为，那些坝子里的良田，需要上百年才能培育成为熟地，而新开发的生地能一样吗？只要是种过田的人，谁都知道这个道理。据了解，眼前的九龙坡，是因为一场大火烧掉一大半山，在二〇一三年的时候干脆就搞了一次"坡改梯"，这一改，足足达到了一千余亩，说是准备拿来种油茶。结果因为种种原因，油茶种得不成功，就成这个样子。而这个样子，一晃就是十年，也并未改变今天的模样。我在想，大火烧了一大片山，一定是"坡改梯"的理由吗？于山而言，一场大火并不是致命的，谁都知道野火烧不尽，春风吹又生。如果仅仅是这场大火，十年的春天还不够吗？有十年的春天，无论任何地方，都能变得郁郁葱葱。

心情一直很沉重，这也许是一个作家的审美情趣遭到了打击。在之后的调研中，我这样的沉重才逐渐有点轻松起来，毕竟老百姓的生活有了大幅度的提高。

心情渐渐轻松起来，也没有让我有长期逗留的心思，原本我是想在这里住一晚上的，再次感受当年那美妙的惬意。

随行的诗人龙险峰当然知道我此行的目的，就是为了调研乡村振兴中的产业和就业这两个关键点，缺失了这两个关键点，何从谈起乡村振兴？当然了，这次调研，我一路走来，在这两个关键问题上，很多村庄在这方面做出了不懈的努力，有了可喜的成就。可以说，我不虚此行，对此我充满信心和期待。但是这一路走来，我一直在思考，我们的"山乡巨变"，有很多途径，目前我看到的途径都是我们耳熟能详的，有没有可能，有其他途径的存在呢？于是我问了龙险峰，我说，我到过的村庄其发展致富的路径都大同小异，有没有差异化更大的，而且发展得也很好的？

他沉吟了片刻，脱口而出，红星村。

我说，那么去看看。

红星村比我想象的要远得多，车在一片起伏的连山中像一片树叶一样，被山风吹得上上下下、左左右右晃荡不已。好在我早已习惯了这样的晃荡和颠簸，两个小时的路程并不长，我与龙险峰正好聊一聊红星村。他说，你要了解红星村，先在"百度"上查一查"天生兄妹"。

在摇摇晃晃的车内点开"百度"，我算是对天生兄妹有了一定的了解。

天生兄妹组合，是目前中国歌坛唯一一支由亲兄妹组成的男女声音乐组合，由歌手杨刚和杨雯梓组成。兄妹俩出生在能歌善舞的苗寨，从小在音乐熏陶下长大。有人说苗家人一生下来，开口说话就会唱歌，走出一步就会跳舞。有点夸张，却不虚假。兄妹俩的代表作品有：《百分百好男人》《贵州，我深爱的家乡》《贵州人爱贵州》《请你来贵阳》《郎在对门把水挑》等。其中，《贵州，我深爱的家乡》的网络点击量超过三亿，成为内地民族音乐最具影响力的网红组合之一。

据了解，红星村位于冷水溪镇北部，距县城五十二公里。全村国土面积四点五六平方公里，耕地面积一千四百五十六亩，森林覆盖率百分之八十。全村共有十一个村民组，原来是有名的贫困村，于二○一七年出列。据二○二二年最新统计，这里户籍人口二百五十二户，一千零一十四人。村集体入股发展农业产业主要有花椒、油茶、刺梨、乡村旅游、民宿等。二○二二年人均纯收入一万二千五百六十元。

近年来，红星村在各级党委政府的坚强领导下，借助新媒体平台，有效发挥网络人才号召力，以"网红"形态带动产业发展，推动乡村建设示范村。红星村按照冷水溪镇"一核三区"统一规划布局，立足产业、完善设施、孵化人才，大胆探索出了助力乡村振兴的新路子。他们坚持党建引领，充分发挥乡贤人才优势，大力发展村集体经济，采取"公司＋集体经济＋群众"发展模式，依托"天生兄妹"贵州山刺梨王有限公司，培育刺梨主导产业，吸纳本村群众就业五十八人，增加集体经济及群众收入。同时打造数字经济孵化中心，定制个性化教学方案、开设短视频制作、粉丝运营、销售带货等课程，计划为全县孵化网红主播一百人，同时承接全国各地的培训订单。再是依托得天独厚的自然环境优势和"天生兄妹"的流量优势，通过网络直播活动、录制短视频、举办节庆活动、建造民宿，串联起乡村生态、景点、民俗、村庄等资源，大力发展乡村旅游。

据介绍，红星村借助拥有四百万粉丝的天生兄妹组合辐射力，完善乡村旅游基础设施建设，开发"网红打卡点"，规划实施吃、住、游、乐为一体的乡村旅游，全力打造乡村旅游示范村。目前，已建成了门头、门牌、牌坊、直播间，并正在快速推进六十个露营台、四十栋民宿、花海、人工养蜂等乡村旅游项目建设。目前，已在村开设了一家"贵人贵品"形象店，展售农特产品。努力打造乡村产业振兴"新样板"。红星村以发展刺梨产业为主线，进一步深入挖掘刺梨旅游观光价值，全力打造了刺梨坳、刺梨园、刺梨寨、刺梨山、刺梨谷等旅游观光景点，让"优势资源"转化为"特色产业"。目前，红星村已种植刺梨七百余亩，按照盛产期亩产两千斤，亩产值六千元，产值将达四百二十万元，实现了在家门口就业增收六十一人。另外，刺梨衍生产品已成熟，以"天生兄妹"代言的刺梨产品，如刺梨牙膏、面膜、洗面奶、沐浴露、洗发水、果冻、原液、白酒、冰棒等二十多款刺梨衍生产品，已形成产品系列，供不应求，市场前景广阔。

有了这些了解，见到"天生兄妹"的哥哥杨刚时，便不再有陌生感。他也是一个见面自来熟的人，他热情地说，知道您要来，我很高兴，今天一直在等着您来。

我开玩笑地说，要是我没来呢？

他说，那怎么可能，这是您的家乡，您怎么可能不来呢。说着，他手一指说，翻过那座山，那边就是普觉村，您是那里的人，我们松桃人都知道。

我笑起来说，你这小伙真会说话，我确实是普觉人，但是还没有上升到全松桃人都知道的这个高度吧？在这里，你的知名度可比我高啊！你有四百万粉丝嘛。

他嘿嘿地笑了起来。

我环视了整个红星村，它就坐落在群山之间的一个平台上。我看了看山上的岩石，是以石灰岩为主，夹杂着紫色含白云质泥灰岩，以我搞地质的经验，这里的地层应该属于奥陶纪，距今约四亿八千万年。这样的地层加上这样的地貌，有水也是留不住水的，所以眼前我没有看见稻田是意料之中的事。红星村人在这里种植刺梨是对的，这是一种耐旱的灌木，其果实号称维 C 之王，经济价值极高。看来他们在"一村一品"上还是下了功夫的。

杨刚一路带着我走，介绍着我在资料上所了解的东西，我一路耐心听他讲解，也算是眼见为实了。在他家院子中坐下来的时候，村支书和一些村民闻讯而来，我们便一边喝着茶，一边闲聊。

他家的房子很大，新旧各一栋，新房子住人，老房子熏着腊肉。我也是一个腊肉爱好者，便来了兴趣，我问他，你的腊肉能卖多少钱？

他说，我一次半小时直播下来，能卖掉十多头猪。他手一指旁边一位村民说，他一个月能卖七八千元。

我说，一斤多少钱？

这位村民说，我们卖一百元左右一斤。

我说，有这么贵？我经常买菜，我家附近的农贸市场，猪肉也就十七八元一斤，最好的黑毛土猪肉也不过四十元一斤。一斤鲜肉可成六两腊肉，成本约六十元左右。

杨刚说，我们村的猪也是黑猪毛土猪，肉质比你们贵阳的黑猪毛更好，我们的收购价都达到了四十五一斤。成本还要高一点。

我说，你们村有多少人养猪？

村支书抢着说，二十多户吧。

我扳着指头说，你们村二百五十二户，二十多户养猪，约十分之一。这么说你们村还主要是靠刺梨产品。

杨刚说，这可是我们的拳头产品，供不应求。

我说，你们这里山高路远，道路崎岖，靠网络直播销售虽然很好，可是运输成本增高，你们的刺梨产品是不是比别的地方更贵？现在是网络的时代，毫无商业机密可言，在交通便利的地方，价格一定是有优势的，人家也有直播销售，为什么要买你们的呢？

杨刚说，像这样的特色产品，价格的差价在运输这一项上的成本，不是什么大问题，只是利多利少的问题。关键是要卖得出去，只要有利润，就能让种植户荷包鼓鼓的。

我说，你想过没有，你现在是靠四百万的粉丝，你的带货可以说是有效的，我的忧虑是，这是否可持续？

杨刚说，只要短视频、直播平台还在，我想就没有问题。

我说，没问题？

杨刚说，没问题。

在他一脸肯定的神色下，看得出他对通过短视频、直播平台的带货方式和所带来的发展和未来充满了信心。而我对这样的模式，不能说不肯定。在我看来，这只是"山货出山"的一种手段，这种手段到底能持续多久，或者说消费者能信赖多久，这是我们要思考的。再者，如果我们的山货仅仅只能靠这种直播带货或者是网红效应才能畅销的话，是不是会存在一个这样的问题：网红直播毕竟是要收取带货费用的，这样的费用，一般在销售额的百分之十五到二十左右。这样大的比例，是不是在一定程度上减少了种植户的收入呢？那么换一句话来说，如果由种植户直接销售，其销售额又能不能达到与网络销售同等的价格呢？这样的问题值得思考和研究。

临近中午，我们就在他们的农家乐品尝农家菜，大厨就是村主任，他炒得一手好菜，菜品以自产腊肉和自种的蔬菜为主，吃起来口感很爽，没有半点鸡精、味精的味道，我一连吃了几大碗饭。

吃完饭，我们又回到杨刚家的院坝中，一边喝着茶，一边聊着天，与村民、村支书探讨如何有效盘活现有村集体资产，以及产业贷、富民贷、小额贷等问题。不想这些话题一谈就是几个小时。大家你一句我一言都充分发表了自己的看法，从他们的谈话中，我强烈地感觉到了乡村振兴任重而道远。

记得习近平总书记在《求是》二〇二二年第二十一期发表的文章说道——"全面推进乡村振兴。全面建设社会主义现代化国家，最艰巨最繁重的任务仍然在农村……完善农业支持保护制度，健全农村金融服务体系。"在《求是》二〇二三年第六期发表的文章说道——"党的二十大在擘画全面建成社会主义现代化强国宏伟蓝图时，对农业农村工作进行了总体部署……强国必先强农，农强方能国强。……建设农业强国，当前要抓好乡村振兴。'三农'工作重心发生了历史性转移。总的要求仍然是全面推进产业、人才、文化、生态、组织'五个振兴'。'五个振兴'是相互联系、相互支撑、相互促进的有机统一整体，要统筹部署、协同推进、抓住重点、补齐短板，还要强调精准、因地制宜，激发乘数效应和化学反应，提高全面推进乡村振兴的效力效能。"

这是党的二十大给中华民族伟大复兴擘画了一个伟大的理想，而这个理想的实现，是我们每一个人必须将"两个确立"的政治共识转化为"两个维护"的高度自觉。世界上理想主义的道路，从来都是一条充满起伏跌宕的河流，如果一滴水、千万滴水，不曾有着艰辛而漫长的汇集，就不会有大地抒情诗一样美丽的小溪；如果一条小溪、千万条小溪，不曾有着与千山万壑、千难万阻较量的勇气，就不会有大江大河的汹涌澎湃。在这汹涌澎湃里，每一滴水都是英雄，都洋溢着英雄的浪漫主义和一往无前的战斗精神。有了这样的精神，才有了大江大河的浩浩荡荡、不可阻挡、一泻千里的气概。

一滴水曾经是那样的不起眼，可是，只要亿万颗水滴团结起来，就能成为大海——浩瀚无垠、波澜壮阔！大海才是万物之源啊。

水是无形的，无形的优势是它可以变成任何一个形状，在峡谷里它是急流，在悬崖上它是瀑布，在盆地它是明镜，在天空上它是云彩，在云朵中它是雨滴，在南风飘的时候它是雾霭，在北风刮的时候它是雪花……这便是水的属性：遇坚而刚、水滴石穿、遇软而柔、润物无声，这便是水的精神，团结而和谐。

也许有人会认为，一滴水融入了大海是令人恐惧的，一滴水在浩瀚的大海里，还有那滴水吗？因而宁愿是绿叶上一颗晶莹剔透的露珠，美丽在深山里，那么我告诉你，这是典型的自私自卑自闭，在一个晴天，你的美丽也许只能是昙花一现。一滴水于弱者是泪、于强者是汗，一滴水向往大海而艰苦卓绝的过程，于弱者是灾难，于强者是财富，这就是唯物辩证法则。

当我的思绪回到杨刚家院坝里的时候，已是下午六点钟了。在座的乡亲们强烈要求我吃了饭再走，我手一指普觉村的方向，强烈地要求回家看看，他们便也不好再坚持，毕竟他们都知道我三十八年未到普觉了。

三十八年过去弹指一挥间，眼前这些似曾相识、久未谋面的山水，是那样的亲切，宛若昨天重现。在崎岖的山道上，在潺潺的小溪旁，仿佛还有我年轻的模样，洋溢着青春的气息。宋之问"近乡情更怯"的诗句才下眉头，紧接着贺知章"儿童相见不相识，笑问客从何处来"的诗句又上心头。这一上一下，万千的思绪，真是"我见青山多妩媚，料青山见我应如是"。

年近花甲的我，常常有一种"伤不起"的感觉。这样的"伤不起"与我年轻时的地质生涯有关。热爱和敬畏大自然，是一个地质队员的天然秉性。每当我看到类似今天九龙坡的模样，就是我这样的人所不能容忍的。九龙坡是松桃县第二高峰，属于新元古界板溪群地层，距今八亿年左右，站在九龙坡顶，可遥望武陵山脉主峰梵净山，而梵净山属于中元古界梵净山群，距今十四亿年左右。有几次我站在梵净山红云金顶遥望东方，这是武陵山脉中支山系连绵的部分，次第向洞庭平原延伸的有九龙坡、天星山、朝天山、张家界山、白云山等等，每一次的遥望，给我脑海里留下的都是无休无止的感慨！九龙坡与梵净山的空中距离，也就是几十公里，目及之下，可谓近在咫尺。一个存在了十四亿年，一个存在了八亿年，而在这咫尺之间又相隔六亿年。你细思而极恐吧！也没啥意思可言，说白了就是个杞人忧天的事。可是，当我们把这样的恐惧升华成一种敬畏的时候，我想，你会与我一样，决不容忍肆意破坏大自然的行为。无论谁冠冕堂皇以什么样的名义，我们都会以零容忍对待。在二十世纪九十年代初，在这一带出产一种美丽的板岩叫紫袍玉带石，其自然天成的紫色、翠兰的条带状纹理，曾让奇石界轰动一时。其后果是大量开采，严重破坏生态。我曾愤怒地写过几部中篇小说，其中最直接描写的那个中篇小说叫《水晶山谷》，二〇〇三年发表在《十月》杂志第二期，再后来有评论家把这种类型的作品划分为生态文学。生态文学作品也成了我创作中的重要组成部分。

九龙坡的坡改梯，既然已成现实，为什么要闲置在那儿？种不成油茶，其他的都不能种吗？今天下午在红星村的院坝会，我们一直在探讨如何盘活闲置资产的问题。九龙坡的坡改梯工程，看起来非常大，一千多亩呀！这无疑是闲置的巨大资产，谁来盘活它？或者是恢复原貌？

当然，我知道，九龙坡的原貌是永远回不去了。有了这样沮丧的心情，我一路上都在担心我那梦牵魂绕的月亮滩。一九八五年春季我重访月亮滩时，那儿时童话一样美丽的月亮滩，让我触目惊心，伤痛不已。可以说，三十八年以来，这个伤痛一直让我耿耿于怀。

今天再次重访我的月亮滩，它还好吗？它还存在吗？它是给我惊喜呢？还是依然让我伤痛呢？在驶往普觉的车上，我一直在纠结这个问题。一路上我没有说话，龙险峰也没找我聊天，他早就耳闻过我的关于月亮滩的故事。我想，我们此时的神色一定都很严肃，因为，我们即将走进月亮滩，走进月亮滩的故事中。

只要月亮升起来，夜就黑不起来。月色湿漉漉地潜伏在小河的波纹里，潺潺的流水也便欢乐起来，有了这样的欢乐，月光也有了浪漫的色彩。小河的对岸，梨花溢出的芬芳裹挟了微风，香满了山谷。刹那间，山香了，水香了，仿佛人也香了。有了这样的香，心就广阔起来，甚至可以包揽整个星空。

我的月亮滩，它在月色中永远地消失了。为了治理这条小河，修起了堤岸，清了水，碧绿了万亩茶园，沙滩的不复存在，也就微不足道矣！

普觉村的支部书记，当然早就听说过我的关于月亮滩的故事。临近半夜三更，他信心满满地陪伴我走在这条小河岸上。他知道，只要走过，他的这个信心就不会有遗憾，毕竟谁不说俺家乡好呢？毕竟眼见的生态美、百姓富是不争的事实，毕竟他看到的我没有半点的伤痛神色，有的只是满眼的惊喜。

有了这样的喜悦，今夜注定无眠。当月亮挂在了西坡之巅时，太阳也快喷薄而出。这正是：东方欲晓，莫道君行早，踏遍青山人未老，风景这边独好。

今天是五四青年节，习近平总书记在给中国农业大学科技学院的学生们回信中，提出了殷切希望，希望同学们志存高远，脚踏实地，把课堂学习和乡村实践紧密结合起来，厚植爱农情怀，练就兴农本领，在乡村振兴的舞台上建功立业，为加快推进农业农村现代化、全面建设社会主义现代化国家贡献青春力量……

在看《新闻联播》的时候，不再年轻的我也沸腾了起来，久久不能平静。那一刻，我也年轻起来，我仿佛听见了一阵矫健的步履声，由远而近，这是时代强劲的脉搏，在前方豪迈地响起！听见了一阵强劲的鼓点声，由慢而快，这是新时代急促的号角，在身后嘹亮地响起！

这时，我的血液，像水滴一样澎湃起来，从我千百条毛细血管里，涌向我的心海，像大河奔流浩浩荡荡！

　　这一刻，我仿佛和同学们一样走向乡村振兴的田间地头，我们仍然年轻，朝气蓬勃、血气方刚，这一刻我们就像"早上七八点钟的太阳"，红彤彤地屹立在东方，纵爱连绵起伏的群山，横爱碧浪清波的河流，纵横是经纬定格了我们忠贞不渝的爱恋。升起来是我们的精神，落下去是我们的辉煌。落下去是为了第二天红彤彤地升起，周而复始，这便是新时代永不褪色的钢铁战士！